如是文化

王雙雙——著

以愛之名

愛是控制／勒索／綁架；愛是傾聽／召喚／碰撞

溫暖的愛仍有其陰影；悲涼的愛仍有其光亮

唯有這生生不息的愛；讓我們綻放不朽的光

齊錫麟 吐司男之吻製作人、編劇　王道南 山的那一邊導演　涂芳祥 浮士德遊戲II編劇　強力推薦

推薦序

編劇當久了總以為自己會看人，芸芸眾生不都在自己的筆下，劇本中的角色進進出出，誰最後會怎麼樣？十拿九穩的把握，隨著年紀的增長就會發現事實並非如此！越來越多的角色在人物設定時就沒有設想周全，回頭重修整個劇本可能因此都毀了！戲不好看事小，看錯人代價就大了！

雙雙是我編劇班的學生，一眼就知道她想寫、也能寫！知道她應該就屬於會讓我重修人設的那一型。果真，這些年她的生活好像都不在我的預料中。《以愛之名》我想是雙雙生命歷程中的一段罷了。不能太早下結論，因為旅程還很長。

雙雙的書讓我想到聖經中哥林多前書13章1~3節「我若能說萬人的方言，並天使的話語，卻沒有愛，我就成了鳴的鑼，響的鈸一般。我若有先知講道之能，也明白各樣的奧祕，各樣的知識，而且有全備的信，叫我能夠移山，卻沒有愛，我就算不得甚麼。

我若將所有的賙濟窮人，又捨己身叫人焚燒，卻沒有愛，仍然與我無益。」

我認為雙雙懂，如果沒有愛，所有的磨難淬煉都是枉然。

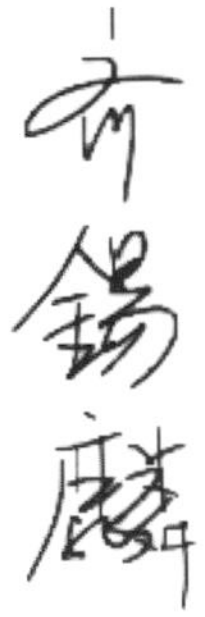

自序　「嘿！我一直都在」

壹

我有多麼熱愛寫作？像泥土渴望雨水，日夜祈禱雨水快來，風把它吹散了，它落在別處時依舊滿心祈盼，等到雨水來，它被浸在水中，卻不是它落的淚滴，它滿心歡喜，等著萬物緩緩從自己的生命中綻放。

我有多麼熱愛寫作？像葉片等待陽光的輕撫，等著陽光一寸一寸照著翠綠的脈絡，葉片看著自己的身體被陽光照得通透，陽光稍稍往前挪了一小步，葉子像是長了心一樣，捨不得卻不想說，心疼得顫抖了好幾下。

我有多麼熱愛寫作？像溪水歡快的奔向大海，像大海狂浪的拍打礁石；像礁石在身下藏了寄居蟹；像寄居蟹尋找了一個喜歡了很久的殼……

我看得到文字的擁抱，看得到故事的纏綿，我看得到自己的歡喜。歡喜自己不管悲苦愉悅，還有文字魂，陪著我在人間駐足，停留。

貳

如此熱愛，卻讓寫小說的筆停了五年。這五年，生活微妙的起了變化，看盡周遭，感受無常，學習珍惜，還是覺得這五年光陰如洪水猛獸，一抬頭一吼叫一跳躍，身邊人景刷新，同行身邊的人早已不見蹤跡，值得慶幸的事情只剩下兩樁，愛人尚在身側，筆還握在手中，兩樁，都在時光裡刻著——不離不棄。

參

不離不棄，在這人間。我寫下了人生艱難之中愛情最灰敗的時刻，也寫下了最嚮往的愛情之歌。兩個不同載體的互相融合與碰撞。故事中的人，是我，也不是我——她們印刻出我的靈魂寫照，同時也填寫著我對愛情的著迷嚮往。在光影之間，奔跑追逐。偶爾也相撞，我在光影間被撞下碎片，卻還記得蹲下來為自己撿拾拼湊，逝去的拼湊不出，於是就拼了一個更完整的自己。這些並非魔力，全是因為手中尚握著寫作的筆。

寫小說的時候，全身心的投入讓人忘我，那些文字如同溪水要奔向大海的喜悅；如同礁石盼望浪花的拍擊；如同寄居蟹躲在礁石下的安全感；如同甘願只成為那隻寄居蟹的殼……

這是寫作給我的安撫和感動。

肆

這本書中，藏了愛的灰敗和光芒，有隱晦的讓人刻骨的疼，也有溫馨惹人掉淚的甜。為了讓兩種感受相碰，我所有的書寫都以愛為前提，但又給了這兩個主題分別賦予了不同的名稱——月亮和太陽。

在書寫「疼」時，我將其命為「月亮篇」，將一個故事進行時間軸的穿插——她的現在，她的過去，她悲苦的母親，她的童年，她的女兒。看似悲苦絕望的故事中，有母親和女兒支撐著她走過迷頓，尋找到「愛」的真正含義，以及，如何活著，如何愛。月亮是孤單也悲涼的，卻因為心中有愛，有其光輝，為夜幕灑上了光亮。

在書寫「甜」時，我將其命為「太陽篇」，用了八道食譜講述了八個愛情故事，愛情糾葛纏綿、悲情決絕，用每一道食譜的溫度，療癒的是被這個世界傷透了的心，即使是溫暖的愛情，也如同太陽，有陰影落下的瞬間，有些角落，任陽光傾力灑落仍無法穿透。

「月亮」「太陽」呼應之下，完美的詮釋了——愛。以愛的名義，尋找，遇見，聽見彼此心靈的呼喚，看見彼此，甘願為對方留下心中最柔軟的角落，這才是書寫《以愛之名》的最終意義。

伍

我們會不會時常覺得自己的愛已經枯竭，渴盼愛情的到來，但是內心卻一再躊躇卻步？我們守護著內心那個柔軟又真摯的男孩或女孩，不忍心他受到一點兒的傷害，但拚盡了全力，心底的那個他，還是落淚了，他的淚水很多，浸濕的，其實是你自己的眼眶。

此刻，不如就敞開心房，任由心底的那個純真的自己再哭一會，嘿，相信我，不管是夜幕或是黎明，屬於我們的月亮或太陽之光，一定會赴約，不會讓我們失望。他一定會抵達，站在你的面前，眼裡閃爍著溫柔的愛之光，你聽到他的聲音了嗎？他說「嘿，我一直都在」。

■陸

感謝所有陪伴在身邊不離不棄的靈魂們，其實，你們也是我手中的筆，陪我看了人生，愛上人間。

僅以此書，獻給摯愛。

唯有「愛」，才能看到別人都無法探到的風景——那裡有如黑洞的紅色亮光；那裡有山脈被雲層遮擋；那裡有芒草飛揚……

重點是，那裡有你，是月亮和太陽。

雙雙

二〇一九年七月十六日

目次

以愛之名／月亮篇

以愛之名

以愛之名／太陽篇

以愛之名
【月亮篇】

【・壹・】

深秋的夜。

月亮像一片羽毛，彎彎地懸在夜空，周遭散發出朦朧的光，邵嘉抬頭看著它，覺得自己跟它很像，它孤身在黑色夜空，一如她此刻孤身地身處公園的某一角落，直到現在，邵嘉的臉頰還是灼熱一片，回想剛才與楊律的爭吵，邵嘉的淚不自覺地掉下來，溫熱的淚水滑過臉頰，邵嘉才發現自己的身體已經與這片夜融合得徹底，徹底地，涼透了。

手機的震動讓邵嘉回過神來，來電號碼是家裡的，每次爭吵後，楊律鮮少會主動打電話給邵嘉，每一次她想試圖「和好交談」亦都無疾而終，而今天與以往的爭吵不同。這一次，醉酒的楊律向她揮以巴掌，那一記清脆的聲響落下，直到現在回想來，還是讓邵嘉覺得驚恐與心慌。或許，因為這一次的不同，楊律願意踏出主動和解的一步，雖然不知該如何面對楊律，邵嘉還是鼓起勇氣接了電話。

「媽媽……」女兒的聲音裡還帶著睡意。

「宥新！」邵嘉感到驚訝，她擦掉眼角的淚「妳不是在睡覺嗎？怎麼醒了呢？」

「媽媽，妳在哪裡？我醒來沒有找到妳，我很難過。」

「我……我在外面，我很快回來喔，宥新，妳乖，在家裡等媽媽回來。」

「好。」

夜空上，大片的烏雲迅速包裹住那片輕薄的光，縱然涼意襲上了心、覆滿了身體角落，每一處的情緒都無法自拔的令她心痛難過，邵嘉的腳步沒有半分遲疑地跨了出去。

家。

一片漆黑，邵嘉顧不上開燈，她直奔進宥新的房間，星星造型的夜燈散發出柔美的光，邵嘉伸手去抱宥新，棉被下卻是空空如也，邵嘉心裡一緊，她極力壓抑著自己的心慌「宥新，媽媽回來了！妳在哪裡？」

房間裡安靜得讓邵嘉感到恐慌，邵嘉覺得自己的心被涼夜的氣息徹底地包裹了，她每邁出一步，都像是一把刀鑽在她的腳底。她走向自己的臥室，那條長廊前所未有的遙遠，她的呼吸變得急促，每喘一口都像將五臟六腑劇烈地搖晃一次，手因過度緊張而顫抖著。

臥室內。

沒有任何的光亮，邵嘉覺得她跌進了一口沒有底的黑洞，身體不斷地往下沉，自責與懊悔替代了身體所有的疼痛，她的聲音變成了哭調「宥新，妳在哪裡？」

「媽媽……」

「宥新！」邵嘉懸著的那顆心重重地掉了回去，心劇烈地跳動著，她著急地站起來打開燈，宥新坐在床上睜著清亮的大眼睛看著她「媽媽，妳怎麼了？」

「媽媽沒事！」邵嘉破涕為笑。

宥新也笑「宥新太想媽媽了，就跑來妳們房間睡，媽媽妳看！」宥新手裡緊緊抱住邵嘉的衣服「我剛才聞了妳所有的衣服，只有這一件還留著媽媽的味道，我摟著它，就像媽媽摟著宥新一樣。」

邵嘉過去摟緊宥新「趕快睡，媽媽摟著宥新，一直都摟著妳。」

在邵嘉懷抱裡的宥新，眼睛閉起來，嘴角有微微的笑意，柔軟的小手勾住邵嘉的手，她的呼吸逐漸變得均勻，邵嘉親吻著宥新的額頭，她讓宥新躺平，幫她蓋好棉被，走出了臥室。

客廳。

邵嘉正在整理一片狼籍的客廳，楊律拎著酒瓶一臉醉意地走向邵嘉，楊律的神情嚴肅淡漠，身上刺鼻的酒味像是疊起一道無形的牆，那道牆是魔鬼，它阻止了他們走向更多幸福的可能，它吞噬了曾經溫柔的楊律，控制著楊律的身與心，讓邵嘉越來越懼怕他。

「妳剛才去哪裡了！」楊律逼近邵嘉「妳是不是想要離開這個家，離開我跟宥新！」

邵嘉痛苦地搖頭否認「老公，我從來都沒有那樣想過，你們是我在這裡唯一的親人，我……」她的淚水再次湧出「我從沒想過要離開。」

「我現在什麼都沒有了，什麼都沒有了！」楊律暴躁地吼著「除了妳跟宥新，我什麼都沒有！」

「工作沒有可以再找，未來總會好的，只要我們一起努力，一定會比現在好！」

「好？怎麼好？」

「只要我們一起努力，一定不會糟過現在。」

楊律低吼著「還有什麼比現在更糟！我！失業兩年了，待在家裡簡直就是個廢物！我每天除了喝酒還會什麼！」楊律低頭，又猛灌了一口酒。

邵嘉試圖將酒瓶奪下「你不要再喝了，有什麼心事可以跟我說啊！」

楊律大力地甩開邵嘉「除了喝酒我還能做什麼！」

酒瓶重重地砸向地板，碎片四處飛濺，邵嘉被重力甩開也摔倒，她的手不偏不倚地壓在玻璃碎片上，頓時鮮血直流，楊律緊張地上前抱住邵嘉「對不起，老婆，我不是故意的，我除了喝酒，真的不知道我還會做什麼！」楊律沮喪地捶打著地板「我現在還學會了打女人！打老婆！我不是一個好男人！妳不要離開我，不要怪我，我不是故意的！我不想傷害妳！」

邵嘉抱住楊律「沒關係，等明天來了，明天一切就好了。」

「你相信明天來了一切就會好了？」楊律用力地推開她。

「為了你們，我願意去相信。」邵嘉又走上前緊緊抱住楊律。

客廳的燈光融入了城市的背景，光亮越來越小，但邵嘉那雙漆黑明亮的黑色眼睛，卻在深秋清涼的夜裡顯得格外明亮。

【・貳・】

咖啡館。

身著制服的邵嘉用她的招牌微笑服務客人「您好，今天照舊一杯熱的美式咖啡嗎？」

客人點頭「妳記性那麼好，整間店除了妳，沒有人記得我喝什麼。」

邵嘉不好意思地笑「工讀生妹妹們的記性也非常好，我會再跟她們講一下。」

「記性好，卻沒有妳更用心，嫁來這裡做臺灣媳婦，辛苦不辛苦？」

邵嘉搖頭「不會辛苦，有緣分在哪裡都不會覺得辛苦。」

邵嘉熟練地沖泡咖啡，雙手遞上咖啡的時候，邵嘉的臉上依舊帶著笑「先生，您的美式咖啡好嘍，熱咖啡要小心燙口，請慢用。」

「好，謝謝我們的臺灣媳婦！」

邵嘉彎腰送走客人，這一切全都被一直站在店外的蘇曉看在眼裡，她走向邵嘉「微笑最好、服務最優的邵嘉小姐，可以陪妳一起吃個午餐嗎？」

邵嘉的眼裡滿是驚喜「蘇曉，妳怎麼會來！」

「今天高博出差，我在家裡悶得慌，就來看看妳，快點，吃飯了！」蘇曉敲了敲手錶。

「好，再等我十分鐘喔，我還有十分鐘才到用餐時間。」邵嘉看著蘇曉「妳來我真的好高興！」

邵嘉的臉上露出雀躍笑容，像是小女孩盼到一直存於夢裡的禮物，滿足，幸福。而這張笑臉，多久沒有這樣出現在邵嘉的臉上，連她自己都忘了。

蘇曉的家鄉在四川，與自小生長於蘇州的邵嘉溫婉個性截然不同，她生性潑辣，敢愛敢恨，性格完全不同的兩個人，卻因在機場的偶然相識，成了在異鄉最熟悉的朋友，蘇曉與邵嘉分享她的育兒經、婆媳大戰，甚至分享獨具蘇氏風格的在臺生存之道，讓邵嘉在這個第二故鄉裡，在突然想念家鄉味的某個夜裡，不至於痛哭流涕。

餐廳。

邵嘉的臉上還帶著笑意「妳剛才真的嚇到我，我真的沒有想到妳會來。」

「我們太久沒有見面了，妳還好嗎？昨晚打妳家裡的電話都沒有人接，我有點擔心，妳看起來很憔悴，是不是又忙著寫稿子沒有睡？」

「最近很少寫稿子了，可能是店裡太忙了。」

「妳那麼有才華，為什麼不去找一份相關的工作，非要在那間咖啡館耗掉妳的時間和精力？」

「這只是過渡期，維持正常的生活，等生活穩定，未來安定了，我一定會繼續我的夢想。」

「邵嘉，我知道妳非常努力……」蘇曉欲言又止，最終還是忍不住問「楊律找到工作了嗎？」

邵嘉搖了搖頭。

蘇曉生氣地說「他到底怎麼了？對妳和宥新還有責任感嗎？之前讓他來高博的公司幫忙，他也答應了，最後爽約我以為是他找到工作，他怎麼了？」

「婆婆說那份工作在西南方，對他不利……」

蘇曉臉上寫滿不屑「現在都什麼時代了？還這麼迷信，當初算命師說我會嫁個二婚的，我卻遇到一次戀愛都沒談過的高博，妳也是，不慌不忙地，也不盯緊他一點。」

邵嘉嘆了口氣「我不想讓他壓力太大。」

「他肩上有毛個壓力啊，所有的壓力全都在妳身上！」蘇曉突然靠近邵嘉，她伸手摸了邵嘉的臉頰「妳這裡怎麼了？」

邵嘉緊張地別過頭，尷尬地摸著臉頰反問「怎麼了？」

「怎麼覺得妳的臉有點腫？」蘇曉疑惑地看著邵嘉。

「有嗎？沒有吧！」

蘇曉疑惑地看著她，這才發現邵嘉的手受傷了「手是怎麼了？」

「昨晚洗碗時候不小心劃傷的。」邵嘉答得支支吾吾。

「邵嘉。」蘇曉突然認真地看著邵嘉「妳可能覺得我神經，覺得我多疑，但是我必須說，如果這些傷是人為造成的，ＭＤ，我說得更直接一點，如果這些傷是楊律給妳的，妳一定要說出來……」

跟蘇曉認識近三年，邵嘉跟她無所不談，她們時常心照不宣地瞭解對方的幸福、痛苦，感受對方所經歷的一切，邵嘉願意與她分享，所有，一切，但是此刻，她在傾訴的門口猶豫了。

此刻，邵嘉的內心像是一口沸騰的鍋，咕嚕地發出聲響，就讓那口鍋持續地沸騰，她不想任何人燙傷，哪怕是掀開鍋蓋一霎那的熱氣，她也唯恐傷了誰。

「沒有。」邵嘉眼神堅定地否定了蘇曉口中的事實。

那鍋水咕嚕沸騰著，邵嘉倔強地把心事往下重重地壓了下去。

蘇曉如釋重負「我多害怕我猜對了！我最看不起那些出手傷害女人的男人。」

邵嘉點了點頭「他對我很好，只是這兩年的運氣真的很差。」

蘇曉嘆氣「希望他越來越好，這樣妳才能好。」

「會的。」

「對了，妳們家婆婆最近有找妳麻煩嗎？」

「那些麻煩在我看來都不礙事的，都是小事。」

邵嘉有意轉移話題，蘇曉看在眼裡，她伸手握了握邵嘉的手「累的時候就休息，想我的時候就打電話給我，妳沒有時間去看我，我就找時間來看妳，像現在這樣。」

時間靜止，邵嘉的思緒被抽走了。

「像現在這樣。」

「像現在這樣。」

笑容滿面的邵嘉微微側著頭靠向楊律，攝影師手裡的相機發出「卡嚓」的聲響，甜蜜的一寸合照被鋼印封在一本「結婚證」的紅色本子裡。

十年前，六月的南京，他們從省直轄市的南京結婚登記處離開，一場暴雨剛結束，梧桐葉密密層層，蔥蔥茂密，深綠色的葉子像是一把蒲扇，吹拂著心裡角落裡的幸福，喚醒它們在身體裡調皮地擺動，金色的陽光照在葉子上反射出的光芒讓邵嘉覺得暈眩，她牽著楊律的手笑著說「像現在這樣，要永遠都像現在這樣！」

跌進愛情蜜糖裡的邵嘉，對未來有所憧憬的邵嘉，從來也沒有想過她會遺失那份「永遠」，她一直以為，只要她用力緊緊擁抱住那份「永遠」，永遠都在。

【・參・】

家。

邵嘉走在樓梯間的時候就嗅到一絲詭異的氣息，樓道裡飄散著焚燒過的紙錢味道，自己家門口居然還散滿了冥紙，邵嘉暗自揣想現在的討債集團都用這種方法討債的嗎？邵嘉哪裡會知道，被討債的對象竟是自己，討的不是錢，而是一個兒子。

婆婆坐在客廳的沙發上，神情冷漠嚴肅，邵嘉上前打招呼「媽，您來了？」

「怎麼，我不能來？」婆婆楊方愛華轉頭看著邵嘉。

「我不是那個意思，我馬上去煮飯。」邵嘉捲起衣袖走向廚房。

「不急，妳去拿個火盆來。」楊方愛華從包裡拿出符紙，開始在客廳裡有模有樣地作起法。

邵嘉自幼信奉基督教，婚前她從不認為自由的信仰有錯，直至嫁入楊家，邵嘉才知道楊律的媽媽信奉道教，信仰問題成了爭吵無數次的爆炸點，邵嘉幾度為自己力爭信仰的權利，最終亦都失敗收場。這一次，婆婆再一次展現權威，邵嘉想求助於楊律，可是卻一直沒有找到他，臥室的門被上了鎖，任邵嘉怎麼敲門，裡面絲毫沒有動靜，邵嘉硬著頭皮將火盆拿給婆婆。

「・……%＃！—＊（・！」楊方愛華念了一長串的「咒語」，手裡的一張符紙點燃後放進一碗水裡，隨即抓過邵嘉。

「媽……」

「噓！」婆婆瞪了邵嘉一眼，用手闔上了她的眼睛，嘴裡念念有詞地從邵嘉的頭頂開始作法。

臥室裡突然上鎖的那道門，邵嘉突然有了合理的理由，多次面臨這些問題的楊律，在這一次的拔河戰役裡選擇逃避，邵嘉覺得自己被丟在一個孤島裡，她心裡承受著巨大的煎熬，只盼著這場作法可以盡快結束，讓她可以早一點解脫。

婆婆的手停止了，她用力點著邵嘉的胸口「好了，把這碗水分三次喝完，心裡要虔誠，這樣才能盡快懷上楊律的孩子。」

邵嘉捧著符水，猶豫地看著婆婆「媽……」

「妳知道為什麼楊律這幾年的工作運那麼差嗎？是因為沒有兒子，有子才萬事足，妳要為他的前途著想，一定要生個兒子。」

「媽，我知道，我沒有抗拒再生個孩子，可是我們目前的狀況……」邵嘉深呼吸「如果您真的覺得有子萬事足，等楊律有工作、等我們的狀況穩定，我們可以去看醫生，可以尋求其他的方式，我……」

「妳怎麼那麼多話，把它喝掉！」婆婆的語氣裡已經帶有怒意「我不喜歡妳有妳自己的方式，進入楊家，就是要按照楊家的方式！」

婆婆又拿起一張符紙，她對著符紙比劃著，將它點燃後突然丟給邵嘉「接住！」

那張符紙瞬間化成一個火球撲向邵嘉，邵嘉本能地躲開，火球落在地毯上，火球在地毯上冒起了濃煙，邵嘉將手裡那碗符水順勢地倒向火球，地毯上火滅了，邵嘉嚇出一場冷汗「媽，沒事，妳不要擔心！」抬頭卻看到怒火已經燒到了婆婆的臉上。

楊方愛華的神情愈發嚴肅，被歲月刻畫過的雙唇上佈滿了皺紋，那些紋路輕微地跳動著，它的情緒醞釀著，隨時能夠掀起下一波的戰局。

「媽……對不起……我……我不是故意的。」

楊方愛華沒有給她解釋的機會，她大步走上前，一個巴掌甩向了邵嘉，邵嘉覺得臉頰火辣辣，連耳朵也像被火燒過一樣變得通紅。

「媽？」邵嘉不可置信地看著婆婆。

「那團火代表了那個孩子，妳根本就不想替楊律生個兒子，不想幫他傳宗接代！」

「我沒有，我跟楊律有我們的計劃……」

楊方愛華打斷邵嘉「沒有關係！妳不願意沒有關係！」

「媽，我沒有說不願意。」

邵嘉望向臥室的門，它依舊緊閉著。

楊方愛華的呼吸有些急促，邵嘉趕快撫著婆婆的背「媽，您血壓比較高，醫生讓您不要動氣！」

「別假惺惺，我的心可比楊律硬多了！」楊方愛華甩開邵嘉的手。

「媽！」

「我眼裡只有楊律一個兒子，只有他可以叫我一聲媽！」

秋風從窗戶灌進房間，在房間裡四處流竄，讓整個房間都顯得涼意逼人，邵嘉望向生氣的婆婆，她深呼吸整理情緒「媽，我知道剛才都是我的錯，我應該要接住那團火，可是您不要生氣，最近楊律的工作不穩定，等我們的狀況穩定，生孩子的事情我會考慮。」

「生個兒子，所有的事情就會順利了！」楊方愛華看著邵嘉「邵嘉，我今天給妳弄那些符水，那是妳上輩子積來的福氣。」

邵嘉心想，這種福氣她應該接受嗎？

「拿符水給妳喝，不單只是我的意思，楊律也同意的。」

邵嘉再一次看向那道緊閉的門，眼神從失望變成了絕望。

「十年前我看不上妳，不管妳用心討好也好，細心照顧也罷，十年後妳沒給楊家添上一個孫子，我依然看不上妳。不過，生兒子這種事情，也不是必須得靠妳邵嘉。」婆婆打量著邵嘉「這世上女人那麼多，除了妳邵嘉，還有很多好女人願意替楊律生兒子。」

「媽……」邵嘉不敢相信自己的耳朵「您怎麼可以這樣？」

「照著楊家的規矩走，就不會這樣。」

「這些年來我對你們，我……」

「怎麼，想說妳對我們盡心盡力？那又怎麼樣？」婆婆絲毫沒有心軟「我會找個

人來替楊家生個兒子，她會照顧好宥新，妳放心！」

邵嘉看著婆婆，俗語說「寧拆十座廟，不毀一門婚」，擁有各自信仰的邵嘉小心翼翼地維護著她的婚姻，可是不代表別人都跟她同一條心。

「宥新是我的女兒，我會照顧好她。」邵嘉看著婆婆「楊律是我一輩子的伴侶，我會照顧好他，您是我的親人，我也會照顧好您。」

楊方愛華冷笑看著她「憑妳？想要照顧好我們？沒有一個孫子，這個家沒辦法過！」

用十年去照顧婆婆，盡心盡力將她視為家人，事事親力親為，縱然早知婆婆是刀子嘴刀子心，邵嘉還是在此刻傷了心，心被刀子劃了一條條的傷口，滲著血，一時要不了她的命，卻耗著她的命，但她的命有什麼重要，延續著她生命的宥新的幸福更重要。

這個宇宙，河床保全水流，陽光與雨水保全辛苦勞作的人民，神明保全眾生，邵嘉僅是宇宙渺小的一員，可是她願意竭盡所能去保全宥新的幸福，縱然過去付出的十年青春、關愛全都付諸東流，她也不想去狠咬歲月一口讓它把過去還回來，說到底，這個世界沒有誰欠誰。

邵嘉轉身拿包走出家門。

她沒有打算離開，這座大大的城市，沒有任何地方容得下小小的她，抬頭看天，烏雲還在，彎彎的月牙還在，邵嘉扁了扁嘴把眼淚吞下去，這一次，她不會哭，自憐的眼淚流過一次就夠了。

【・肆・】

晚餐。

婆婆吃得津津有味，不忘挑剔菜色，楊律低頭吃飯，不給邵嘉求助的機會，宥新愉快地分享著學校的趣事，婆婆的慍怒逐漸爬上了眉眼間。

「食不言寢不語！這些規矩都沒教給宥新！」楊方愛華火力全開。

宥新放下筷子，眼神不安地看向邵嘉。

「沒關係，宥新，這也是很好的親子時刻，我很開心妳跟我分享學校那些有趣的事情。」邵嘉溫柔地看著宥新。

「我現在是不是沒有權利教育自己的孫女！」婆婆的聲音裡帶著哭腔。

「宥新也可以跟阿嬤分享學校的趣事啊！」邵嘉極力緩和氣氛。

「妳！」婆婆沒好氣地瞪向邵嘉「我剛才說的那些話，妳有沒有放在心上？」

「全都放在心上，就像我剛才向您承諾的，守護這個家的每一句，我也全都放在心上。」邵嘉絲毫沒有妥協的意思。

餐桌上有一種不尋常的氣氛，楊律皺著眉，他重重地放下碗筷，他發出低沉的聲音「宥新，回房間！」

宥新的眼眶裡噙著淚「媽媽……」

「回房間！立刻！馬上！」楊律壓低了聲音。

婆婆完全沉默。

邵嘉起身牽著宥新的手「宥新乖，媽媽陪妳回房間。」

楊律一把抓住邵嘉的手「妳留下！」

「媽媽……」宥新抽泣著「我害怕，媽媽！」

「宥新，乖，回房間等我，等妳看完了那套小熊故事集，媽媽保證，已經陪在宥新身邊了。」

「媽媽摟宥新睡覺好不好？」宥新紅著眼眶乞求著邵嘉。

「嘖嘖，都幾歲了，還要摟著媽媽睡！」婆婆推著宥新「自己回房間睡覺！」

邵嘉看著宥新「宥新，媽媽有放一件衣服在妳床上喔，有媽媽味道的衣服。」

宥新的眼淚簌簌地掉下「媽媽，我等妳。」

邵嘉重重地點頭，她看著宥新小鼻子紅紅的邊啜泣邊走向房間，邵嘉緊皺著鼻子，努力不讓眼淚掉下來。

廚房。

邵嘉的手還被楊律抓在手裡，他的指甲用力地鉗進了邵嘉的肌膚裡，邵嘉想要掙脫，他卻把她的手抓得更緊，邵嘉的手指關節開始泛白。

楊方愛華的嘴角揚起了一絲笑意。

楊律憤怒地看著邵嘉「媽今天來看妳，一番心思全都在那杯水裡，妳卻把那杯符水倒掉了，讓妳接住火球，妳把它給丟了！為什麼妳每次都要這麼任性，做一些不可理喻的事情！」

「她不懂事，我不會跟她計較！」婆婆看著邵嘉「只要她把這個家顧好，把你照顧好，我不會做什麼事情干涉你們。」

邵嘉看向婆婆。

婆婆立刻掉下眼淚「我知道嘉嘉不喜歡我，我大老遠地跑來，結果做什麼都錯，我……我老了，干涉不了你們的事情。」

「媽？」邵嘉看著婆婆「我從來沒有不喜歡您，我把您當成是我的親人，我……我很用心地照顧著這個家，為什麼您永遠都看不到！」

「嘉嘉，怎麼可以這樣跟媽說話！」楊律把她的手抓得更緊。

邵嘉委屈地看著楊律，她甩開楊律的手「剛才你去了哪裡，看到了什麼？我不是故意把那杯符水倒掉的！」

楊律看著邵嘉「跟媽道歉。」

邵嘉看向楊律「你覺得我任性，為什麼我在你們眼裡永遠都只有任性？」

「道歉！」楊律重重地拍著桌子，憤怒爬上了楊律的臉，他臉上的青筋全都突起，猙獰的臉讓邵嘉感到害怕，她的嘴唇和下巴委屈地顫抖著，楊律突然用手捏住邵嘉的臉「妳在哭嗎？妳他媽的覺得委屈？我讓妳道歉，為什麼那麼難！」

邵嘉強忍著難過「媽，對不起。」

婆婆出聲「沒有關係，我平常都有在修行，不會跟妳這種人計較，楊律，你不要生氣，我先回去了，對了嘉嘉，今天煮的菜味道不是很好，你看，大盤雞太鹹了，菠菜煮得太軟了，湯不夠鮮，下次可以多放一點味精，妳脾氣要改一改，宥新都沒有吃什麼飯就回房間了，可憐吶！」

邵嘉閉上眼睛，盡力壓抑著自己的脾氣。

婆婆繼續說「妳把符水倒了不要緊，我明天再去幫妳求，過幾天再拿給妳喝，孩子也講個緣分，你心裡想著他，他自然就來了。」

婆婆拍了拍邵嘉的背，又補了幾句「嘉嘉啊，妳那份工資賺的錢太少，我認識一個人，她告訴我現在工廠缺大夜班的，不但有大夜班的津貼，還有機會多加班，妳呢，這孕要懷，工作也得顧好，宥新我會找人幫你照顧的，妳不要擔心。」

邵嘉的耳邊迴響著婆婆數小時前的話——「我會找個人來替楊家生個兒子，她會照顧好宥新，妳放心！」

邵嘉倒抽一口冷氣，她回絕「不用，我會把宥新照顧好！」

婆婆火上澆油「看來我有心幫你們，但是嘉嘉不領情，楊律，我先回去了。」

楊律起身扶住母親「媽，我送妳。」

「不用了。」楊方愛華推了楊律一把「如果嘉嘉對我有什麼誤會，你不用幫媽解釋。」

此番話聽在邵嘉的耳裡顯得格外刺耳，她脫口而出「媽，我對您沒有誤會。」

楊律回頭看向邵嘉「有什麼事以後再說，我先送媽回去。」

邵嘉擋在婆婆面前，期望她能幫忙把楊律已經燃起的怒火熄掉，但是婆婆顯然不願意出手幫她，楊方愛華推開邵嘉，邵嘉正想邁前一步，楊律恨恨地瞪了邵嘉一眼，邵嘉咬著嘴唇不知所措地退了一步。

【・伍・】

秋夜的風肆虐地拍打著窗戶，邵嘉站在客廳的窗前等著楊律回來，楊律推門而進，涼意也瞬間襲擊了邵嘉，邵嘉回頭看著他「宥新剛睡了，我明天休息，你想不想出去走一走，我可以陪你。」

「陪我？」楊律的聲音含糊，踉蹌地靠近邵嘉。

「你喝酒了？」

「是啊！忍不住喝了一杯！」楊律靠近邵嘉「妳知道剛才我送媽回去的時候，她跟我說什麼嗎？」

「說了什麼？」

「我媽讓我把妳掃地出門，讓妳滾回去！」楊律醉意闌珊地笑著「我媽啊，真是算盤打得精，說再找個人幫我生個兒子！」

邵嘉不說話。

楊律靠近邵嘉「怎麼啦，不說話，妳不願意替我生個兒子！妳瞧不起我現在的這個樣子！」楊律用手扳著邵嘉的肩膀「我他媽的這樣都是因為妳！因為妳不肯替我生個兒子！」

「宥新也是我們的孩子！」

「那不一樣！不一樣！我媽說了，有子萬事足！」

楊律有力的雙手箍住了邵嘉的肩，她覺得疼，稍微往後退了一步，又被楊律大力地抓進懷裡「妳到底要怎樣才願意替我生個兒子！」

「我從來也沒有拒絕！我們之前不是一直有計劃嗎？我現在努力地工作……」

「不要說妳有多努力，妳有多努力，就顯得我有多廢物！」楊律的情緒突然高漲

「妳只要答應我，什麼時候可以把妳給我，我們一起生個孩子！」

「我們都累了……」邵嘉顯得疲憊。

「我沒有累！我現在精神很好，走，我們去生個兒子！」楊律熊抱住邵嘉，充滿酒氣的嘴巴一直湊上去親吻邵嘉「只要妳願意，我可以讓妳留下，妳不用滾出楊家！」

邵嘉深呼吸，看著眼前的楊律孩子氣地親吻著她，像一隻幼小的動物，撞見自己巨大笨重的靈魂，撐不起來那張巨大的魂，愈是用力地撐，在邵嘉的眼裡看來愈是無比蠻橫無理。

他的舌探進邵嘉的嘴裡，手野蠻地扯著邵嘉的衣服，邵嘉別過頭拒絕「今天不行！」

「為什麼不行！」楊律的怒氣撐紅了他的臉「你他媽，寧願被掃地出門，也不願意，那麼不願意！」楊律抓住邵嘉的肩「邵嘉，妳一直拒絕我，妳根本就不需要我！」

邵嘉推開他「我和宥新都需要你，需要那個有責任有擔當振作的你！」

楊律哭著抱住邵嘉「把妳給我，我們一起生個孩子，我媽說生個兒子就會轉運了，相信我！」

「我不相信！擺在我們面前那麼多現實的問題，楊律，你醒醒，要清醒地面對這些問題！這跟有沒有兒子沒有關係。」

「沒有關係？我過去找的三份工作，每個工作都沒有辦法堅持一個月，兩年了，沒有人打電話通知我去面試！這還不是兒子的問題！邵嘉，妳也希望妳和宥新可以過得好吧，只有我好，妳們才能好，求求妳，我媽說今晚適合行房！」楊律抱住邵嘉「前幾天我想要跟妳親熱，妳一直找藉口拒絕我，今晚，我要妳！」

秋夜的風在窗外搖擺著。

渾身酒氣的楊律蠻橫地抱住邵嘉，充滿酒氣的嘴在她臉上不斷地啄著，邵嘉無奈地仰著頭，他順勢地將頭埋在她的頸間，一次比一次更力地親吻。

「把妳給我！」

「不要！」邵嘉推開楊律「我不喜歡這樣！」

「那妳喜歡什麼？告訴我？」

楊律在邵嘉的頸間用力地吸吮，力道也逐漸地粗魯地加劇，他狠狠地咬著邵嘉的每一寸肌膚，邵嘉推開他「不要這樣！」

楊律騎在邵嘉的身上，一雙手蠻力地鉗住邵嘉的雙手，邵嘉疲累地發出求救「我不喜歡這樣！我不想！」

楊律突然歇斯底里地大叫「為什麼不想！媽說了，今天適合行房，可以生兒子！」

「楊律，我例假剛結束，你覺得有可能嗎？」

「我不管，我今晚就是要妳！」楊律撕扯著邵嘉的衣服。

邵嘉用力推開楊律，轉身想跑回房間，卻被楊律用力地抓住，楊律再次蠻橫地將她壓在身下，他一邊咒罵一邊撕著邵嘉的衣服，破碎的撕裂聲擾亂了整個夜。

「啊！」邵嘉發出痛苦的聲音「不要！」

她試圖掙脫，然而楊律的身體卻重重地壓住了她，她用盡力氣試圖推開楊律，楊律的拳頭像是雨點般落在她的臉上、身上，邵嘉發出痛苦的哀叫，聽著邵嘉的求救聲，楊律變本加厲地加重了拳頭的力量，邵嘉覺得她被巨人撕成了碎片，對於未來所有的奢望在這一夜，全被秋風吹散。

楊律滿足地親吻她，進入她的身體，霸佔她，在這個絕望的夜。

邵嘉赤裸地躺在地板上，眼神呆滯、絕望，身體的僵硬已經感覺不到心的跳動，她抓起已經被撕成碎片的衣服，用力地將它覆蓋住身體，那雙明亮的黑色眸子一眨一眨，長長的睫毛沒能撫平一顆顆的淚水，她無聲地啜泣著，淚水全都印在了地板上，染重了地板的顏色，也將窗外的亮光一點點地染重了。

我們，遇到一些人，他們肆意蠻橫地闖進人們的生活，指手劃腳一番後離開，卻不知他們在人們建立的堡壘裡放置了一枚炸彈，他輕鬆退場，所言所行卻將人們的生活徹底擾亂了，邵嘉不是慧者，她不能免俗地成為了「人們」，在轟炸過後的碎片裡小心翼翼地撿拾自己，拼湊自己，企圖拼回一個自己，讓她重新住回安全堡壘。然而撿拾自己多麼不易，承受巨大的傷痛卻往往無法再拼湊出曾經的自己。那些隱在身體裡的傷，不是用針刺在了皮膚表層，它深達入骨，時刻讓人覺得寒冷顫抖。

每顫抖一回，就把那片好不容易撿拾的又掉入數以萬片無法計算的碎片裡，讓人絕望抓狂，猶如在潮濕的洞底，怎麼奮力地爬都看不到光，手裡濕濕黏黏的，一甩，過去曾經許下的甜蜜諾言，全都戴了惡魔的角出來唧唧喳喳吵個不停。

【・陸・】

從那些張牙舞爪的惡魔的眼睛裡，邵嘉看到了自己的母親。

父親常會對母親施以暴行，家庭暴力從小就在邵嘉的腦海裡根深蒂固地存在，而印象裡最黑暗最殘暴的一次，父親舉起電視機重重地砸向了母親，母親的頭頓時鮮血直流，年幼的邵嘉第一次那麼深刻地貼近恐懼，她心裡驚慌，哭聲躲在喉嚨裡不敢出來，她嗚咽著緊跟在母親身旁，不顧自己瘦弱的身軀，想著如果母親就此倒下，她也要用盡她的力量幫助母親站立，而母親表現得淡定從容，她邊將邵嘉摟進懷抱安撫著，讓年幼的邵嘉不要害怕，邊簡單迅速地用布暫時包紮好她的頭，血迅速地從布裡滲出來，染紅了布，卻也黑暗了邵嘉的記憶，它像是一個噩夢，讓邵嘉在午夜夢迴時驚醒後痛哭，成年後的邵嘉心疼母親的怯懦，更心疼她獨自承受的孤獨與寂寞。

母親的頭縫了二十九針，鼻樑也被電視機砸歪了，從那天起，母親的頭上多了一條格子的方巾，包得密密實實，陰冷冬天的清晨，母親揮著手裡的大掃把，她把痛苦和隱忍全都藏在那片格子的方巾下，憤怒和矛盾全都揮在那把光禿的掃把上，掃把落在地上發出刺耳的聲響，母親就在門口的地上來來回回，把家門口的灰塵堆成一個小山丘。

掩藏在格子方巾下的母親似乎找到了最好的面具，從那年起，她每一天都要戴著格子方巾將自己包得密實才願意出門，很少有人再看到母親的笑容，邵嘉在夜裡常睡得不安穩，怕暴躁的父親對母親施以拳腳，怕她幼小的力量不能夠完全爆發去保護母親，直到看見再次出現在視線裡的母親，邵嘉才能安心地把心妥妥地放回去。

母親是她的世界，是她的宇宙。

邵嘉從也沒有想過，她有一天會失去那個照亮她光的宇宙。

不知是不是母親為了減少讓邵嘉看到她與父親的衝突，邵嘉上了國中後便寄宿學校，只有週五的晚上才會回家，每次她都盡量拖到週一的清晨再走，為的就是多陪伴母親。而每次回到家看著母親身上的傷痕未減，深淺交疊，邵嘉的個性亦愈發內斂，膽小，任何風吹草動都讓她變得敏感，然而，敏感如她，卻未曾發現母親的神經更脆弱，更沒有發現，那個照亮著她光的宇宙正逐漸變得黯淡。

週一的清晨，母親為邵嘉準備了早餐，她的臉頰上多了一大塊的淤青，母女倆心照不宣地忽略了那塊淤青，母親從始至終的關愛眼神沒有離開邵嘉，那天的母親一反常態地問了邵嘉在學校的很多問題，問了邵嘉長大後想做什麼？想去哪裡？會結婚嗎？喜歡什麼樣的男生？邵嘉開心並認真地回答母親問的每一個問題，她要出門前，母親拉住她的手緊緊不放，邵嘉抬頭看著母親「媽，妳怎麼啦？」

「嘉嘉，妳……今晚，能不能回來？」

「我今晚不要住學校？」邵嘉話剛落又看向母親「我可以回來嗎？」

她多想回來，每天都待在母親的身邊。

母親重重地點了點頭，眼眶瞬間紅了。

窗外的玻璃已經被霧化了，邵嘉別過頭把要流出來的淚水生生地吞了回去，喉嚨裡像是有個結，有種生澀的疼痛。邵嘉轉而看向母親，語氣調皮地說「遵命，母親大人！那我就回來啦！」

母親滿足地直點頭。

「可是早一點回來做什麼？」邵嘉歪著頭故意問。

「等妳回來，我就告訴妳。」

那一年的冬天，乾燥清冷，邵嘉推著腳踏車，遲遲不肯跨上去，地上的霜凍踩下去發出咯吱的聲響，邵嘉每走一步，就回頭看著母親，母女倆的臉上都揚起了久未出現的笑容。

時常在上課時擔心母親會被父親暴打的邵嘉，在那一天無比地心安，那一整天的心都暖暖的，比往常更期待放學，她迫不及待地想要知道，母親究竟有什麼事情想要跟她共同分享？

放學的時候，天空飄起了雨夾雪，冷風灌進邵嘉的頸間，她打了一個寒顫，卻還是不顧風雪，像是個女漢子跨上腳踏車加足馬力地使勁往前蹬。

那天的風逆著，瘦弱的邵嘉的背影在雨雪的路上，孤單卻那麼用力！她心裡帶著多麼大的熱情與渴望，回到母親的身邊去！

家門口的山丘還在，大門敞開，通道裡血跡斑斑，客廳內一片凌亂，木椅的一角還沾著頭髮和血漬，即使用力地捂住了嘴巴，還是難以讓邵嘉平緩她的呼吸，她情緒每起伏一次，都劇烈地帶動著身體裡每一處的神經，父母的臥室內，一股血腥的味道直撲而來，邵嘉的胃翻滾著，床單被丟在地上揉成一團，床單的一角沾滿了鮮紅的血漬，邵嘉心痛地閉上眼睛，淚水無聲地從眼眶裡決堤般地湧出。

【・柒・】

那一晚，母親家的親戚全數到齊，外婆哄著邵嘉讓她回房間睡覺，邵嘉倔強地搖頭，聲音小小卻堅定地說「我想要等媽媽回來。」

在等待媽媽回來的時間裡，邵嘉從長輩們的聊天裡拼湊出當天事情發生的經過，醉酒的父親與母親再次發生爭執，這一次，母親決意要離開家，被失去理智的父親痛毆，母親拿刀自衛，刀卻被父親奪下在她的身上狠刺，鄰居聽到慘叫聲前來察看，報警處理並通知了在附近工作的舅舅，舅舅送重傷的母親去醫院，聽說醉酒發瘋的父親被送進了警局。

冬天的夜裡寒氣逼人，外婆把毛毯蓋在邵嘉的身上，不知是太冷還是恐怖，邵嘉的牙齒發出細微碰撞的聲音，連她的手也開始微微地顫抖，外婆用她的手緊緊地握住邵嘉的手「沒事的，不要擔心，嘉嘉妳知不知道，妳媽媽命很大的，她小時候，我們的河堤被雨水沖刷暴漲，堤下所有的田都被淹了，同時被淹的還有妳那只有十歲大的媽媽，我跟外公都以為她不會回來了，結果她死命地抓住一個竹籃子，就那樣在水裡漂了十幾個小時，等撈起她的時候，她全身都泡得發漲了，多活了二三十年。」

如果母親知道日後的生活如此困苦，她是否甘願在那一年隨著潮起的水消失，一了百了？邵嘉這樣想著，又迅速地搖頭否定了自己的想法，若不是母親夠堅強，何來她這個生命，還能與母親在困苦裡尋得短暫的卻只屬於她們母女的快樂？

後半夜的時候突然停電了，舅媽不知從哪裡找來了很多一截截的小蠟燭，瘦長的白色蠟燭點在桌上，燭光隨風搖擺跳動，邵嘉的臉頰靠近光源，臉被烤得透紅，更顯那雙眼睛的清亮，外婆摸著邵嘉的頭，邵嘉的臉趴在客廳的桌子上，臉上表現不出悲喜，她手裡勾著母親的那條格子方巾，此刻她多希望世上的那些魔法都是真的，只是她的手指在方巾上纏繞，就真能把在某一處的母親拉回到她身邊，多希望這又是她午夜夢迴的又一場噩夢，希望這黑暗的一天盡快結束。

大門被重重地推開，傳來了急促的腳步聲，邵嘉驚喜地衝出去「媽媽，媽媽回來了！」

外婆緊跟在邵嘉身後。

走道上的雪積得頗深，邵嘉只看到了臉色沉重的舅舅，他走近邵嘉，用他冰冷的手捏著邵嘉的小臉「嘉嘉，這麼晚了妳怎麼還沒有睡？」

「我要等媽媽，她怎麼沒有跟你一起回來？」

舅媽上來摟住邵嘉「嘉嘉乖，舅舅剛回來，有什麼話進去說。」

一行人進到屋內，邵嘉緊盯著舅舅「舅舅，我媽現在怎麼樣了，她還好嗎？我，可以去看她嗎？」邵嘉的眼睛泛著淚，手輕輕扯著舅舅的衣角，讓在場人的心都碎了。

舅舅蹲下來牽著邵嘉的手「嘉嘉，妳想要看看媽媽？」

「非常非常非常，非常想！」

想看到她，想抱著她，想知道清晨為何讓她早一點回家，想知道那個無從知曉的秘密究竟是什麼？

他們一行人搭公車前往醫院，車上，邵嘉靠在窗邊快要睡著了，她濃密的長睫毛上掛著的淚滴結成了冰，一小串地懸掛著，所有的人都以為邵嘉睡著了，開始問關於媽媽的事情。

「噓！」舅舅敏感地看向邵嘉。

「她昨晚整夜沒睡，現在知道要去找媽媽，放心地睡著了。」是舅媽的聲音。

「孩子睡起來都很沉，你倒是說說，你姐到底怎麼樣了？」外婆焦急地打探。

他們哪裡會知道，敏感的邵嘉，任何的風吹草動都能驚擾了她。

舅舅的聲音變得低沉「姐的狀態非常不好，昨天送去醫院的時候已經重度昏迷了，那個混蛋下手太重，刀刺下的地方刀刀都致命，姐的後腦勺還凹進去一個大洞，昨天醫生給姐檢查的時候，舊傷跟新傷……」

邵嘉的下巴委屈地顫動著。

舅舅的聲音哽咽「我才知道姐這些年都過得什麼日子，那個混蛋都給了姐什麼！」

「姐太要強，什麼事情都自己扛，每次回來都帶著笑，我們都以為她過得很幸福。」姨媽哭泣的聲音。

「她不提就是不想讓我們擔心。」外婆重重地嘆氣「她現在還好嗎？醫生怎麼說？」

大段落的沉默，車輪摩擦地面的聲音聽來格外刺耳，車子經過一個山坡，邵嘉的心跟著山坡起伏不安，她努力地尋找舅舅的聲音，舅舅沒有再說話，可是全車的人都哭了。

外婆的哭聲淒慘「怎麼就沒了呢，昨天還好好的人，怎麼會沒了！」

「媽，不要這樣，如果姐知道您為了她哭，她會多難過啊！」

「又南吶，都是媽不好，沒有照顧好妳啊，讓妳和嘉嘉遭了那麼大的罪！」

車上哭聲一片。

邵嘉的臉貼著冰冷的玻璃窗，淚水無聲息地滑落在玻璃上，那一年的邵嘉，不知道什麼叫「沒了」，她逃避讓自己必須去面對與瞭解，什麼叫「沒了」。

直至母親笑靨如花的黑白照片懸掛在客廳的正中央，邵嘉披麻戴孝跪在她的靈前，邵嘉還是不願意接受母親離開的事實，那年冬天的雪下了很久，白皚皚的雪蓋住了家門口的那個山丘，像是母親早已將愛情埋進了墳墓。送母親走的那一天，邵嘉哭得癱軟在地上，她一直喊著媽媽媽媽，求母親不要就這樣丟下她，擺在靈堂內的蠟燭燃盡了，一縷縷白煙冉冉升起，邵嘉聞到了蠟與棉線最後擁抱時纏綿不捨的死亡氣息。就像她和母親。

短暫十三年的母女之情，她最終還是失去了。

逝母之痛成了邵嘉成長之路的最大陰影，外婆常抱住邵嘉，安慰她「嘉嘉，等妳長大就好了。」

年幼的邵嘉對於成長這件事情帶著虔誠的期待，似乎，長大後，陽光變得更燦爛，樹木變得翠綠，從那時候開始，邵嘉的時間才變得流動，像是河岸有了水，岸邊有風那樣的自然而然，當然，她也憧憬有人與她有共鳴，安撫她，給她快樂，讓她的笑容再次爬上兩頰。邵嘉賦予了成長的定義雖不完整，充滿了童話般的幻想，卻毫無悲憫，像是向上伸展的藤蔓，她只管用力生長，從無拘束地為自己約定方向。

有人曾問過邵嘉，對於奪去母親生命的父親，恨嗎？

邵嘉為了這個問題，常在黑夜裡還睜著那雙清亮的眼睛自問，恨嗎？

恨是什麼呢？邵嘉的親人未曾將恨意徹底表達並呈現讓邵嘉知道，就連最親近的外婆也時常告誡邵嘉，讓邵嘉原諒父親，寬恕他，因為只有如此，未來的邵嘉才能慢慢遺忘這件事情帶來的傷痛，往後才能夠獲得幸福。

邵嘉在籌備高考的時候去見了一次父親。父親瘦得只剩下一把骨頭，臉蠟黃消瘦，臉頰和眼睛都深深地凹陷下去，看到邵嘉，父親的眼睛裡盛出了光彩。

他詢問邵嘉「將來大學想學什麼科？妳從小對數字的敏銳感非常好，理科不錯。」

邵嘉抿了抿嘴唇「我報了中文系。」

「哦？」

見父親有所疑惑，邵嘉又說「媽以前常說我的作文寫得非常好，她說我寫的文字有靈氣……」

父親紅了眼眶。

邵嘉扁了扁嘴「媽走的時候，我什麼也沒有寫給她，我聽說要寫一篇很好的悼文，媽走得安心才能上天堂。」

父親坐在她的對面，沉默良久，雙手不自然地一直搓著，邵嘉抬頭，給父親一個笑「外婆讓你照顧好自己，下次，等我高考結束再來看你。」

「嘉嘉，你恨我嗎？」父親問。

三月的D城，雨水正是充沛，窗外是淅瀝的雨聲，雨聲有節奏地敲打著瓦片，父親的眼睛直看著邵嘉，似乎等得有點久，他搖搖頭「怎麼會沒有恨呢，我毀了全部！」

邵嘉搖搖頭，語氣平靜得讓人心疼「我沒有恨過你，縱然恨你千萬遍，媽媽也不可能再回來了。」

父親重重地點頭，邊點頭邊嚎啕大哭，他枯乾的手抱住頭，哭聲越來越大。

長久以來，邵嘉覺得自己跟父親之間的隔閡像是流沙，大片的已經被無情的河流洗刷帶走，僅剩的流沙無力地苟延殘喘地與命運拔河，但時間的河流太過龐大，帶走它們輕而易舉，邵嘉常為此心酸，她倔強地堅守自己的難過，不肯讓父親覺察分毫。

母親的離開，無疑將時間的河流一劈兩刀，最後殘餘的流沙被河水沖刷得一乾二淨，邵嘉為此曾在深夜哭泣落淚。

以前有壞的小念頭從心底生出來，邵嘉覺得父親應該是要哭的，在她的壞念頭裡，父親哭得毫無形象，眼淚鼻涕抹滿了整張臉，邵嘉想要得意，卻不小心又再次惹哭了自己，從此之後，她再也不希望看到父親哭。

她絲毫不能得到快樂，眼淚由她流就夠了，何苦再拖一個父親？

如今，父親在她面前痛哭，哭得像個迷路的娃娃，徬徨失措的眼神帶盡了無助，邵嘉鼓起勇氣，伸手抱了抱父親。

這又是她期待多少年的擁抱呢？心底渴望的汪池早已乾涸，邵嘉從也沒敢開口向父親索要一個擁抱，因為生怕那些小請求最終都成了影影綽綽的夢。夢實現了，卻短暫得讓人不可置信，那是邵嘉與父親最後一次見面，邵嘉進考場那天，天空下起滂沱大雨，父親是在那一天的清晨走的，肝癌末期。

邵嘉如願考上了中文系，她未能給母親寫一篇悼文，卻寫給了父親，信的末端她動容地寫著「爸，您不要難過自責，外婆說媽媽已經在天堂了，女兒請求您，一定要奮力地飛往天堂喔，一定要幫我保護好媽媽。」

送父親走的那一天，一樣是滂沱大雨，幫邵嘉撐著雨傘的表哥問邵嘉「嘉嘉，妳跟他之間有什麼遺憾嗎？」

邵嘉搖搖頭，有生之年，原諒和擁抱，她全都得到了。那一刻，邵嘉的心無比地平靜，她慶幸自己在有限的時間裡擁抱了父親，並勇敢地告訴父親，告訴他，自己從來也不曾恨過他。

【・玖・】

清晨的光，一點點地折射在地板上，邵嘉從悲痛的過去回到了現實，她挪動一下身體，身體上的巨大疼痛開始蔓延開來，她忍痛站起來，卻見楊律坐在沙發的正前方看著她，見邵嘉起來，楊律走過來將一個薄毯蓋住了邵嘉赤裸的身體，邵嘉裹緊毯子，身體開始有了些許的溫度。

「那個……我剛才送宥新出門去上課。」他咬了咬嘴唇，發出乾笑「給宥新綁頭髮，才發現女生的頭髮真是，不容易，都不知道妳平時是怎樣做到的，宥新一直吵著要找妳，不過妳放心，我沒有讓她知道妳躺在……這裡。」楊律上前試圖抱住邵嘉，邵嘉卻本能地避開他。

「我今天仔細看宥新，覺得她跟妳長得很像，嘉嘉，宥新說晚上想要吃妳煮的菜，可以嗎？」楊律緊緊地抱住邵嘉「晚上煮菜好不好，妳以前告訴過我，妳媽媽很會煮菜，就算她被你爸揍得鼻青臉腫，也還願意為妳煮……」

邵嘉猛地推開他。

眼前的楊律，看起來無比地陌生，他怎麼忍心揭起她過去的傷痛，讓那個傷口赤裸地暴露著，邵嘉低頭想走，卻被楊律狠狠抓住「我想讓妳說句話，妳就答覆我一句，有那麼難嗎？」

說什麼？說她被揍得很開心？說她在回憶過去？說她後悔走的每一步？

她不能說，每一句都會成為楊律的刺。

能說什麼？說她愛楊律，說她從沒有後悔自己的選擇？

她不能說，每一句都會成為自己的刺。

邵嘉的神色冷清，眼神裡帶盡了疲態和無奈，楊律突然用力地捏住邵嘉的下巴，唇蠻力地靠過來，邵嘉用力地推他，兩個人又陷入拉扯的戰局，楊律蠻力地將邵嘉的身體頂在牆角，邵嘉似乎聽到骨頭被劇烈撞擊發出的「卡嚓」聲響，他全身緊繃努力控制著自己的情緒「我不想打妳，但是我控制不住，尤其在妳總對我那麼倔強的時候，嘉嘉，我希望妳……」

「對不起。」邵嘉的眼淚匆匆地掉下來，連她都嚇了一跳「我從來都不倔強，這些都是你所認定的我！我，再也不想這樣了！」

「不想這樣了？想想妳媽，當年她也忍受了！」

邵嘉看著楊律「不代表跟她流著相同血液的我也必須逆來順受忍受這一切！」

「所以妳要離開我？」楊律的情緒徹底失控，他揚手甩給邵嘉一個巴掌，邵嘉回頭看向楊律，絕望慢慢地爬上了眼睛，她深呼吸，竭力控制眼淚不要如楊律的情緒般說來就來。

「妳不要哭，妳可不可以不要哭！混蛋！」楊律伸手抓住她卻只抓住了薄毯，全身赤裸的邵嘉頭也不回地跑進了臥室。

第一次遇見楊律時，天空下著鵝毛大雪，時逢母親的忌日，邵嘉因為要幫教授完成報告趕不及回去，在短暫的空檔時間，邵嘉站在離學校不遠的咖啡廳外面委屈痛哭，楊律走出來將手套和圍巾全摘下來給了素不相識的邵嘉，後來邵嘉去還手套和圍巾，竟發現楊律也一直在等著她的到來，並關心問她那天為何而哭。

楊律看著邵嘉承諾以後再也不會讓邵嘉哭，邵嘉覺得這跟她想像中的的成長設定幾乎相同，她就該遇到這樣的一個人，於是毫不思索地投進了楊律的懷抱。

相識的時候因為淚水，促成他對自己施以暴行的亦是淚水，永遠躲在文藝世界裡的邵嘉不願意去戳破，男人倘若愛妳，妳的淚是楚楚可憐，百般都有美，百樣都惹人疼，但倘若他已經開始不那麼愛妳之時，淚水便成了羈絆，成了禍害，成了萬禍之源。

楊律跟著走進臥室，邵嘉已經穿好衣服，她正在收拾行李箱。

楊律奪下她的行李箱「想要回家嗎？回去投靠誰呢？外婆已經不在了。」

「你，沒有必要提醒我這麼殘忍的事實！」

「必須讓妳面對殘忍，妳才能夠鐵了心地待在這裡，除了我妳還有誰！」

「除了你，我還有宥新！」邵嘉毫不示弱。

「宥新是我的孩子，妳沒有任何權利帶走她，我現在去把宥新接回來！」楊律衝動地往外走。

「你瘋了！」

「為了留住妳，邵嘉，任何瘋狂的事情我都願意做！」

「你沒有權利這麼做！」

「明天，宥新不准去上學，妳也乖乖地待在家裡！妳們哪裡都不准去！」

「楊律，你瘋了！」邵嘉不可置信地看著楊律。

「對，我瘋了，為了留住妳們，為了留住妳，邵嘉，我真的是瘋了！邵嘉，我知道妳放心不下宥新，就當作我卑鄙一回，我用宥新綁住妳，妳總該甘願了吧！」楊律面紅耳赤地看著邵嘉。

邵嘉拿著衣服的手停住了，多少回，父母爭執的時候，她都是那個牽絆住母親，讓母親無力前行的重物，邵嘉曾經懂事地跟母親說著悄悄話「媽媽，下次妳再被打的時候就跑吧，再也不要回來了，嘉嘉可以跑去外婆家找妳。」母親只是緊緊地抱住她。如今，邵嘉有了宥新，才知道縱然是重物，也是甜蜜的、甘願的，為此哪怕在辛苦的路上挪出一步，心頭被言語和暴力傷害得體無完膚了，她也甘願。

見邵嘉的手放慢了，楊律趁勢上前奪走了衣物。

楊律以宥新為條件綁架了邵嘉的靈魂以及身體，逼迫邵嘉對此事進行一個妥協，雖然他們對這件事情心照不宣，這讓邵嘉覺得更是嘲諷，彷似非得要靠這些手段才能闢出另一條通往邵嘉心靈的路，邵嘉不想否認這的確是個捷徑，但同時，它也是個醜陋的招數。

夜涼如水，楊律從背後緊緊繞住邵嘉問「你恨我嗎？」

不恨，邵嘉知道自己的心裡還有愛，不恨，卻遺憾，恨是心底的疙瘩，不管你去不去碰它，你知道那個疙瘩在，遺憾則是清晨醒來遺失的一個溫暖的夢。疙瘩不會讓你痛，但那個夢不再會重現與你相會，每每想起的時候，才發現心裡有了一個缺，那個缺被時間侵蝕得越來越巨大，憑空看著心裡的空洞，由恐怖生出的痛，才最真切。

#【・拾・】

每一次天亮都在刷新過去，將今天帶成了昨天，雨水綿綿不絕地襲擊了城市的每個角角落落，城市進入了冬季，邵嘉覺得每個人的眼睛和頭髮都是濕漉漉的，就像她始終無法晾曬的那顆濕漉漉的心一樣，今天難得放了晴，細碎的光芒照在咖啡店的玻璃上，邵嘉一度看著那道光竟恍了神，直到客人敲著桌子她才清醒「您好，歡迎光臨，請問想喝什麼？」

「妳感冒終於好了？」還是上次喝美式咖啡的先生。

邵嘉點點頭「喔，有點小感冒。」

「妳這場感冒可來得不輕，每次來都看妳精神非常差，有時都不敢跟妳打招呼。」

先生個性倒是豁達「不過身體健康就好，這一場病妳清瘦了不少。」

「謝謝。」邵嘉生怕聊下去會先紅了眼眶。

時隔不過十天，邵嘉明顯清瘦了一圈，她謊稱感冒戴口罩來遮擋臉上的淤青，時常暴露的手臂上的傷痕仍然引起店長和常客關注，雖然邵嘉閉口不提，但情緒多少出賣了她，今天她要下班的時候，店長拿出薪資條給她「邵嘉，發薪水嘍，最近跟先生的感情有沒有好一點？」

店長問話的突然轉折讓邵嘉顯得錯愕「喔，還好。」

「我跟妳講喔，夫妻間難免都會有爭執，多忍讓就好，個性也別好強……」

「店長……謝謝妳……」

「多想想他的好，這日子才能走得下去，妳這些傷，忍忍就能好的，妳看，現在都結了痂。」

是啊，生活像是一把萬能的強力膠，不管你是否願意，它都會使蠻力地將一切黏起，生活必須按照強力膠貼好的模式繼續前進，可是生活亦有鮮活的記憶，痂果真是結了就能忘了傷？

至少邵嘉忘不掉。

忘不掉那每一拳落在自己身上殘酷的痛，忘不掉自己像個小獸夜夜醒來面對涼夜時獨自舔食傷口，忘不掉楊律的每一個逼迫和強人所難的種種不合理要求。

「邵嘉，明後天我不會進店裡，這兩天妳可不可以幫我多上兩三個小時的班，等晚班的工讀生來了妳再走？」店長詢問。

邵嘉點頭「我回去跟先生商量，應該沒有問題。」邵嘉的眼睛一亮，看著牆角的一疊紙箱問道「店長……這些紙箱，你們還要嗎？」

「怎麼啦，又要做苦力搬給那個阿婆？」店長笑著說「趕快拿去吧，妳真的很善良，這麼多年都那麼照顧阿婆。」

「她無兒無女，盡自己的一份力照顧罷了，店長謝謝喔。」邵嘉抱起紙箱走出咖啡店。

阿婆平日擺一個賣雜物的小攤，就放在咖啡店不遠處的轉角，邵嘉把紙箱抱給她

「阿婆，這些都給妳喔。」

「嘉嘉？這麼晚了怎麼還沒有回去？趕快回家去啊！」婆婆催促著。

邵嘉不以為意「今天的便當好吃嗎？」

阿婆將便當袋遞給邵嘉「很好吃，謝謝妳呀，嘉嘉，妳真是菩薩心腸，這幾年要不是妳照顧我……」

「阿婆，不要這麼客氣啦。」

「看妳精神比前些天好多了，感冒好了？」

邵嘉點點頭。

「女人吶，辛苦一輩子，為父母，為丈夫，為孩子，妳，辛苦了。」

「阿婆，我先回去嘍，宥新還在家裡等著我，我晚一點再來幫妳收攤子。」

「好。」阿婆說完伸手摸了摸邵嘉的頭，邵嘉順勢將頭放低，兩個人的溫暖互動

讓邵嘉覺得貼心，她笑著小跑步回家。阿婆跟離開的外婆年齡相仿，有時候邵嘉覺得，她不過是將對外婆的那份孝道全都轉嫁給了阿婆，唯有這麼做，她才覺得這世上始終有人無所要求地一如既往地深愛著她。

回到家，客廳的燈亮著，宥新正在看卡通，見邵嘉回來，她開心地飛撲上來「媽媽，妳終於回來了。」

邵嘉邊脫外套邊問「爸爸呢？」

「爸爸臭死了，在房間睡覺。」宥新抱住邵嘉「媽媽，今晚煮什麼好吃的？」

「爸爸說晚上他會準備晚餐，宥新聽話，我去看看爸爸身體是不是不舒服。」邵嘉走向臥室。

臥室裡。

打呼聲此起彼伏，邵嘉還沒有靠近就聞到刺鼻的酒味，她皺了下眉，努力壓抑情緒，宥新也跟著進來「媽媽，今晚吃什麼呀？宥新想吃媽媽煮的玉米濃湯。」

邵嘉蹲下來摸著宥新的肚子「哇，肚子真是餓壞了，都扁扁啦，看來媽媽要加快速度，宥新妳去把電視關掉，進廚房做媽媽的小助手好不好？」

「耶，好棒喔，宥新可以做小助手！」宥新歡快地跑出去。

邵嘉走到床邊幫楊律蓋好被子，楊律用力地將棉被推開「不！不要！我不要啊！好悶吶！我快要被悶死了！」楊律用力地喘息，臉更是漲得通紅。

「你怎麼了？」邵嘉摸著他的額頭「身體不舒服嗎？」

「對，不舒服！」楊律蹬著兩條腿「全身都不舒服！」

邵嘉起身倒了一杯水，摸不到邵嘉在身邊的楊律在吼「嘉嘉，妳在哪裡！快點來！嘉嘉！」

邵嘉坐在楊律身邊，奮力將他扶起來「來，喝杯水，看看會不會舒服些。」

宥新跑進來「媽媽，我關好電視啦，是不是可以去煮玉米濃湯了？」宥新看到爸爸的臉，緊張地問「爸爸怎麼了？身體不舒服嗎？」

邵嘉點頭「宥新，媽媽知道妳現在非常餓，我等一下幫妳準備玉米濃湯好嗎？」

宥新懂事地點頭「宥新現在不餓，媽媽妳要照顧好爸爸喔！我會在廚房乖乖等媽媽。」

邵嘉看著宥新歡快地跑出去，她的手此時被楊律緊緊抓住「嘉嘉，我現在心裡很悶！」

「跟今天的面試有關嗎？」邵嘉一針見血地點中了問題。

「我以後再也不要面試了！」楊律負氣地說。

「嗯。」邵嘉接受得心平氣靜。

這是他三年來的第N次面試，再度宣告失敗，邵嘉偶爾會想起那個意氣風發敢說敢衝的楊律，雖然有幾分狂妄，但至少沒有如今這樣的自負。

「還是因為沒有兒子！」楊律說得含含糊糊，邵嘉卻聽得真真切切。

宥新在廚房叫邵嘉，邵嘉安撫著楊律「你好好休息，我先去煮飯，對了，明天我們店長不會進店裡，她希望我加班兩三個小時，宥新給你接好不好？」

楊律嘟囔著「還是因為沒有兒子啊！」

「好不好？」邵嘉又問了一次。

「好！」

邵嘉起身走出臥室。

廚房。

宥新拍著手「媽媽，爸爸有好一點嗎？我跟妳講一個秘密喔，只有爸爸好，宥新跟媽媽才會好。」

邵嘉刮她的鼻子「宥新這麼聰明喔，怎麼知道這麼多事情啊！」

「爸爸和阿嬤都這麼說，前幾天阿嬤來家裡，說要給我找個弟弟，媽媽，別人家的弟弟我不要，我只要媽媽給的弟弟。」

邵嘉抱住宥新「好，宥新還想要什麼呢，把妳想要的全都想好以後，再找時間說給媽媽聽，媽媽全都放在這裡……」邵嘉指著太陽穴「全放進這裡好不好？然後把它鎖起來，只有媽媽知道。」

「耶，這就是宥新跟媽媽的秘密啦！」宥新開心地摟住邵嘉親著「媽媽，以後宥新要跟妳有更多的秘密，只有我們倆可以知道的喔。」

邵嘉重重地點頭「好，我答應妳。」

宥新開心地抱住邵嘉「媽媽，我好高興可以跟妳成為了好朋友喔，妳知道嗎，我們班的同學都說妳很漂亮。」

「那宥新有沒有幫媽媽謝謝她們呢？」

「有哇！」

「媽媽不僅要漂亮，還要活得漂亮，帶著宥新一起，好不好？」邵嘉緊緊抱住宥新。

「好耶！」宥新發出清脆的笑聲。

為了這聲笑，為了這溫暖柔軟的小小身體，為了愛她，邵嘉捲起衣袖準備食材，

廚房裡逐漸有了溫度，母女倆的笑聲此起彼伏。

【・拾壹・】

咖啡店。

冬天的夜色總早早地就罩上了城市，邵嘉打開招牌燈，工讀生拿著電話遞給邵嘉

「嘉嘉姐，妳的電話。」

「找我的？」邵嘉疑惑地接過電話。

「媽咪！」宥新的聲音。

「宥新，媽媽在工作喔，上班的時間不可以接妳的電話，有什麼事情等我回去再說好嗎？」

「可是媽咪……我……」

「乖。」

邵嘉看到有客人進來，她彎腰打招呼「您好，歡迎光臨，請問現在想喝點什麼呢？」邊將電話掛斷。

晚班的工讀生因路上塞車遲到了近半小時，邵嘉直到他打卡進入工作區域，簡單做了交接班之後匆忙地準備下班，翻開手機的時候才發現有二十三通未接來電，邵嘉正想查看號碼，手機再度響起，這次是家裡，一定又是調皮的宥新想她了，邵嘉開心地接起電話。

「怎麼啦寶貝？想我啦？」

「誰，妳叫誰寶貝？」竟是楊律的聲音。

「喔，我以為是宥新打來的。」

「宥新沒有跟妳在一起？」

「我今天加班，宥新……」邵嘉這才想起剛才宥新打電話給她「你沒有去接她嗎？好，沒關係，你先不要生氣，我去接她，你不要生氣。」

掛斷電話，邵嘉從包裡拿出機車的鑰匙，她戴起安全帽，快速地啟動機車，身影矯健地穿梭於車陣之中。

通往學校的路燈發出昏暗的光，學校裡一片漆黑，校門已經落了鎖，邵嘉圍著校園繞了幾圈也沒有看到宥新的身影，她焦急地哭出聲，一次次地呼喚宥新的名字，活潑可愛、人見人愛的宥新卻始終都沒有現身。

電話！邵嘉想起她有那麼多的未接來電，她拿出手機，發現來電中一共有3組陌生的號碼，她每一組都撥過去，長長的「嘟嘟」聲讓邵嘉不停地跺著腳「拜託，宥新，快點接電話啊……宥新……」邵嘉不爭氣地抹著眼淚，電話的另端仍舊傳來「嘟嘟」聲。

有來電插撥，邵嘉接起電話「宥新，是妳嗎？宥新？」

「宥新沒有在學校嗎？」聽楊律的聲音已經沒了耐性。

「對不起，我還沒有找到她。」

「妳到底在忙什麼？不是早就該下班了嗎？我今天已經非常不順了，結果妳還一直讓我煩！」

楊律掛斷電話，邵嘉無助地嘆氣，發動機車加速消失在昏暗寂靜的街道裡。

儘管邵嘉一路上放慢了速度，還是沒有看到宥新的身影，她沮喪且悲傷，覺得心痛痛的，無力喘息，她的車子在工作的咖啡店對面等紅燈，邵嘉的視線胡亂地掃過，竟看到咖啡店的牆角裡蹲著一個女孩，女孩的頭髮雖散亂，卻不失活潑可愛，只見女孩不時探頭望向咖啡店，邵嘉再也無法控制自己的情緒「宥新，宥新……」邵嘉顧不得還在等綠燈，她將機車停在路上，踉蹌著朝宥新跑去。

「宥新！」邵嘉抓住蹲在牆角的女孩。

「媽媽！」宥新髒髒的臉上全是驚喜的笑。

「對不起，對不起！」邵嘉在宥新的臉上狂親「對不起，我差點丟了妳，我不應該掛斷妳的電話，我應該聽妳說完。」

「沒有關係，宥新第一次從學校走回來，媽媽，我是不是很棒！」宥新那雙明亮的眼睛撲閃著光問邵嘉。

「真的，我們宥新最棒了，妳好厲害喔，我國小二年級的時候根本就不敢一個人回家。」邵嘉用力地抱起宥新「今天是媽媽不好，沒有準時去接妳，妳一定很害怕吧？」

宥新點頭「我害怕媽媽找不到我的時候會哭，宥新最怕看到媽媽哭了。」

邵嘉的眼眶又紅了「宥新真乖，是媽媽貼心的小棉襖。」

「媽媽，什麼叫小棉襖啊？」

「就是很暖很暖，讓媽媽都捨不得離開身邊的妳啊，就是妳。」

「所以宥新的小名就叫『小棉襖』嘍？哇，這個名字好酷喔，我明天要告訴同學。」宥新摸著邵嘉的頭髮「媽媽，我很喜歡妳抱著我，但是妳這樣會累吧，放我下來吧，小棉襖可以牽著媽媽的手一起回家喔。」

「好！」邵嘉放下宥新，她撫摸著宥新的臉「謝謝妳喔，寶貝，以後千萬不要再不見嘍，那樣，媽媽會非常的無助。」

「無助是什麼呢？」

無助是什麼呢？徬徨失惜找不到光亮的慌亂，摸著黏膩的無底洞的井的邊緣，邵嘉想了想又說「宥新，妳知道反義詞嗎？」

「知道啊，像『大』跟『小』啦……『多』跟『少』啦……」

「那麼，無助的反義詞，應該是『幸福』、『滿足』、『溫暖、』『貼心』……」

「哇，好神奇喔。」

「而且這個詞的反義詞，只能用在宥新的身上喔，因為只有宥新在媽媽的身邊，媽媽才會覺得貼心、溫暖、滿足、幸福……」

「好，宥新以後不會讓媽媽覺得無助，宥新要讓媽媽覺得貼心，溫暖，滿足，幸福……」

母女倆緊緊相擁。

馬路上人來人往，紅綠燈頻繁變換，似乎所有的人與物都在移動，唯有邵嘉與宥新是靜止的。

【・拾貳・】

邵嘉和宥新剛進門，就感覺到氣氛的不尋常，邵嘉往裡走了幾步，見婆婆在，她摸了摸宥新的手，宥新心領神會地問候「阿嬤好！」

「媽！」邵嘉打著招呼邊問「怎麼沒看到楊律呢？」

「是妳老公，怎麼能問我？我又不幫妳看著他！」

殺氣十足的婆婆端坐著，還沒等邵嘉替自己捏把冷汗，她又瞄向了邵嘉手裡拎的便當「嘖，想當年我清晨四點起來上工，整天背著楊律還照樣一日三餐地準備煮菜，難怪楊律生不出兒子，肉吃得太少了，可憐吶！」

「媽您想吃什麼我去煮。」邵喜說得真心誠意。

「妳也別以為我每次一來就光想著從妳家帶東西回去，這回我給妳又求了張符，這帖保證靈的。」

宥新過來抱住邵嘉「媽媽，我好餓啊。」

楊方愛華顯得不耐煩「不知道妳每天在忙什麼，家裡每個人都沒有照顧好！」

邵嘉嘆了口氣，拎著便當去了廚房，她摸著宥新的頭「宥新最棒了，自己吃晚餐好不好？媽媽去看阿嬤和爸爸想吃什麼？」

「媽媽……」宥新快速地夾一塊肉塞進邵嘉的嘴巴「媽媽辛苦了！快點吃喔，等一下被阿嬤看到又要唸了！」

邵嘉用心品味宥新傳遞的愛，她親親宥新的額頭「謝謝親愛的寶貝，那妳要加油喔，把剩下的，全都吃光光！」

「遵命船長！」宥新可愛地向邵嘉行敬禮，邵嘉摸著宥新的頭，神情裡透露出的幸福迅速被憂愁遮蓋。

邵嘉與楊律發生肢體衝突的那段時間，婆婆期間來過三次，第一次正面相望的時候，邵嘉一直以為進門的是楊律，對於臉上的淤青毫未掩飾，婆婆看到時未曾表現出絲毫的震驚，卻在臨走前細細地端詳過一回，未問起緣由，不過也是，這種事情，怎麼聽都要聽兒子的，憑什麼會以媳婦的答案為主？不管楊律給的是官方答案還是野史，她老人家一定全部聽進耳朵，並跟兒子一起視邵嘉為敵。反倒是邵嘉見怪不怪，人情冷暖這種事情，多被潑些冷水自然就懂的。

邵嘉為此常懷念曾經的自己，那個內心柔軟凡事一碰就淚腺發達的邵嘉，如今安落在哪個天涯？過得還好嗎？幸福吧，自由吧。只要讓那個曾經的自己還存於平行的世界，不管在哪個角落，邵嘉都替那個自己高興，即使她再也無法回來與自己共存一個身體，邵嘉也傻傻地高興。

婆婆這一晚沒有走，邵嘉讓出主臥室讓婆婆睡大床，宥新原本跟著阿嬤睡，卻在臨睡前變了卦，非要讓邵嘉摟著才肯入睡，楊律對於今天邵嘉沒能接到宥新的火氣還在，宥新剛入睡，他就開始跟邵嘉翻舊帳。

「今天怎麼會那麼晚才下班？」

「幫店長加了三個小時的班，工讀生沒有趕上火車，遲到了……」

「別人遲到妳可以先走啊！」楊律頗為不滿「知道要加班為什麼不打電話告訴我！妳知道宥新有多危險嗎？妳太不負責任了，非常沒有責任感，妳怎麼忍心把宥新獨自丟在學校那麼久！」

「對不起，你知道我不是故意的。」

「我怎麼會知道妳不是故意的！」

常久以來，邵嘉總被冠以「容忍」、「善良」的頭銜，但她心底也有一把火，時不時地騰起來想要發洩式地噴發一下自己的情緒，更多時候，邵嘉將那些情緒轉成了眼淚，很少用言語來還擊對方，她知道言語亦是傷人的武器，她鮮少用，不代表她永遠都不會出招，此時的邵嘉被楊律的歇斯底里激怒「我昨天有告訴你，拜託你去接宥新，你答應我的。」

「我？什麼時候答應妳？」

邵嘉怎麼忘了當時的楊律是醉酒狀態！她何以要求一個爛醉如泥的人去清醒地記住一件事情？

「是我的錯！對不起，我沒有安排好，下次，下次我一定在你清醒的時候說。」

邵嘉露出倦意「我明天還要加班，宥新可以拜託你嗎？」

「為什麼又要加班？」

「店長這兩天有事，希望我幫忙代班多上幾小時，我想著反正也有薪水可以領……」

楊律打斷邵嘉的話「我看加班事小，等著『寶貝』去找妳才是真的吧，那句叫得可真是順口啊，叫得很甜！」

「我以為是宥新打電話給我，所以才會那麼叫。」

「省省吧，妳真以為我那麼好騙，這段時間，妳一直拒絕我，不願意跟我在一起，我碰妳妳就跑，邵嘉，我真有那麼可怕嗎？」楊律靠近邵嘉「妳在害怕什麼？」

邵嘉推開他「你又怎麼了！」

「我問妳到底在害怕什麼！我是魔鬼嗎？我能吸光妳的血嗎？為什麼我每次瘋狂問妳問題的時候，妳都可以那麼平靜，妳為什麼不能激烈一點回應我！」

邵嘉從小見慣了激烈的生活，激烈在她的世界等同於暴力，那是她努力不讓自己踏進的怪圈，她極力排斥自己出現過激的行為，一直以來都四平八穩無所欲求，從前跟楊律的生活亦是平靜有序，或許真如楊律所說，他現在強勢的時候像是魔鬼，會失去理智地吸光邵嘉的血，她光想就覺得不寒而慄。

楊律緊抱住邵嘉「我從來也不想出手打你，但是我不知道要怎麼才能控制妳！控制不讓妳哭，控制讓妳安靜。」

愛從來也不是「控制」，愛單純的只是給予，一旦索求無度，想要的愈來愈多，慢慢就演變成了「控制」。邵嘉明白這點，更覺心涼了半截，她倒床而睡，身體卻被楊律用力地扳過去。

他在她的頸間親吻，唇一點點地爬上了她的唇，舌迅速滑進她的嘴巴，他的手用力地摸向她的大腿，邵嘉偏過頭「很晚了，宥新剛睡著，明天還要早起上班。」

楊律用力壓住邵嘉的手，身體重重地壓在邵嘉身上，邵嘉無法喘息，用力想要掙脫他，楊律伏在她身上輕聲說「我也願意做妳的寶貝，以後除了我，誰也不能成為妳的寶貝。」楊律說完發出粗重的呻吟聲，用力地吸吮邵嘉的每一吋肌膚，他的動作越來越粗魯，他蠻力地咬著邵嘉。

暗夜裡，邵嘉發出「嘶～」的聲音，卻像是開啟了楊律亢奮的開關，他愈咬愈用力，邵嘉終於忍不住推開他「真的很痛！」

「痛，妳才會有記憶，才會更深刻。」

「我不喜歡這樣。」邵嘉拉過棉被準備睡覺。

楊律的動作沒有停止，他將邵嘉強行重壓在身下，試圖進入她的身體「現在妳不喜歡的一切，全部都是我喜歡的！」

邵嘉用力推開他，楊律不知從哪裡摸到一條毛巾，他野蠻地捆住邵嘉的手，他的大手捂住了邵嘉的嘴巴，床板發出吱呀的碰撞聲，他一次次進入她的身體，直至精疲力竭地全身抽搐倒在她的身上。

外面的雨聲瘋狂地敲落，邵嘉別過臉，暗夜裡看不出她任何的情緒，她沒有再流淚，清亮的眸子始終睜著，她在等待天亮。

【・拾參・】

蘇曉約見邵嘉，在濕冷冬日午後的咖啡館，隔著馬路，蘇曉看著邵嘉匆匆趕來，她穿著黑色外套，沒有撐雨傘，就把外套上的的帽子扣起，更顯出她的清瘦，蘇曉看著覺得莫名的心酸，她站起來走到門口，拉緊夾克的領子，牛皮的高靴發出清脆的聲響，徑直走過去牽著邵嘉的手「妳怎麼回事啊，手冷成這樣也不多穿一點，還有，別再偷偷減肥了，下巴尖尖的醜死了。」

「知道了。」邵嘉往蘇曉身邊靠了靠「妳越來越漂亮了。」

「嘴甜死了，想吃什麼我請客。」蘇曉挽著邵嘉走進咖啡館。

蘇曉優雅地喝著咖啡，但說話的語氣卻毫不優雅「簡直就是一混蛋，他這麼久不工作到底想幹嘛！邵嘉妳別老護著他，就狠心地推他出去，任他餓死了算，這樣妳跟宥新保不齊沒有他可以過得更好。」

「別再說他了，我不太想提。」邵嘉今天盡力迴避關於楊律的所有話題，很多問題都只點到為止，與其說她不想給蘇曉關心自己的機會，不如說她壓根覺得提起楊律只會讓她的心情更沉重，她每天長達十六小時跟那個男人生活在一起，好不容易可以呼吸一下新鮮空氣之時，邵嘉不想再讓自己陷於苦痛中。

「我今天來找妳，主要是想要告訴妳……」蘇曉看著邵嘉，手不自覺地在咖啡杯的杯緣來回移動「高博這幾年把公司的業務大都轉回了大陸，我也實在是待不慣這裡，還是回去跟姐們兒夜夜K歌喝個爛醉的糜爛生活才最適合我，所以啊，姐們兒我打算打包回去了，再不回來了。」

蘇曉這個決定毫未出乎邵嘉的預料，她對任何事物都拿得起放得下，何況她從未將這裡當作是自己的家鄉，哪怕是第二故里也稱不上，蘇曉常調侃自己是隻無腳鳥，根本不想停，一生只想撲搧著她那美麗羽毛，把它展耀在眾人目光之下，知道蘇曉心思的邵嘉除了祝賀似乎也說不出別的。

「妳呢，有沒有打算跟我一起走？」

在蘇曉問這個問題之前，邵嘉曾設想個千百回，她的生活能夠比目前更好嗎？前途似一片茫茫深海，她若孤身一人定是膽量滿身，偏她現在有了宥新，她必須保證宥新浮於貧苦的逃難生活之下，而這一切，都必須以她經濟穩定為優先要訣。

現在的邵嘉，沒了青春期的莽撞和衝動，但若不是當年擁有莽撞與衝動那二者，她也不會千里迢迢嫁來此地，見邵嘉沉思，蘇曉一語突破邵嘉的心房「嘉嘉啊，我們人生能有幾個十年，這十年若是過得不幸福，我們換個思路，接下來有更多的十年，我們是不是可以更快樂些？」

道理邵嘉都懂，但只要一想起跟楊律提起要分開時他的兇狠表情，甚至不惜以宥新為條件要挾她，邵嘉的心就軟了。或許感情就是一場對峙，都是看誰可以撐得更久，從感情的一開始，邵嘉就不是一個贏家，她每次妥協、將就，久了連她自己都麻木地忘了原來她還有去追求快樂的自由。

「我和高博都替妳想好了，妳可以跟著我們一起走，妳可以在高博的公司幫忙，妳中文底子那麼紮實，那些房地產的文案可全交給妳了。」蘇曉又說「我沒讓妳現在就做決定，妳可以慢慢想，我下月初的時候走，妳如果要走，我帶妳一起，好不好？」

邵嘉的眼淚撲簌簌地掉下來。

「妳這些眼淚若是珍珠就好了，別再哭了，妳再哭可把我也惹得哭了啊！」蘇曉果真紅了眼眶，她嬌嗔地拿紙巾遞給邵嘉「這塗了防水的睫毛膏屁用也沒有，碰到水，妝全都花了，都是妳！」蘇曉說著拿起化妝包走向了化妝室，留下邵嘉沉澱自己的情緒。

邵嘉承認蘇曉和高博替自己設想周全，但平白無故接受如此大的恩惠，邵嘉怕自己承受不起，其實更怕未知的路不知該怎樣邁出腳步。

高博是在邵嘉恍神的空檔裡坐到她身邊的，邵嘉毫無覺察時，高博已經彬彬有禮地伸出了手「妳好，嘉嘉，久聞其名終得一見，我是高博。」

高博屬於清秀書生類的長相，很難想像這般溫文仁厚的樣貌在這幾年異軍突起大放光彩，昔日他曾伸出橄欖枝邀請楊律，可惜楊律最終聽從婆婆的意見並未前往，邵嘉的手蜻蜓點水般地在高博的手心裡劃過「您好。」

「常聽蘇曉提起妳，說妳多有才華，想當初我公司剛成立的時候妳幫忙寫的那幾個文案可是在地產業風光一時，那文案寫得好，動情、動人，讓我都想立刻安個家，一直想當面謝謝妳。」高博健談風趣，讓初次與他見面的邵嘉毫無違和感。

兩人談笑風生之餘，邵嘉絲毫沒有察覺馬路對面，一雙兇狠凌厲的眼睛如鷹般地正虎視眈眈地瞪著她。

【・拾肆・】

邵嘉牽著宥新的手剛走進房間，楊律就坐在玄關處，看到她們，楊律抬頭傻傻地笑，邵嘉聞到空氣裡飄散的酒味，她看著宥新「宥新，妳先回房間。」

「好！」

「宥新，來！」楊律叫住宥新，拉著她一起在地板坐下「怎麼啦，你有事情要跟我講，卻要支開宥新，怕宥新知道妳的醜事？」

「你喝醉了，如果覺得累的話就去休息好嗎？」邵嘉試圖拉起宥新。

楊律搶過宥新，他重重地壓住宥新的肩膀強迫她坐下，宥新嚇得紅了眼眶。

楊律看著邵嘉「整天在家裡無所事事的人會累嗎？比起那些心裡藏著心事的人，誰更累？」

「聽不懂妳在說什麼，我先去準備晚餐，宥新餓了。」

楊律搖搖晃晃地站起來，他笑著望向邵嘉，那絲笑意讓人覺得生畏害怕，邵嘉不自覺地吞了口水「我知道你壓力很大，但是可不可以不要再喝酒了！」

「怎麼？別人對妳笑，妳就百媚姿態都有，我對著妳笑，妳就害怕得恨不得有了隱身術從我眼前消失！我的壓力大，妳也知道，但是這些壓力是誰給我的！」

宥新張大嘴巴看著父親，她鮮少看到暴怒的父親，她望向母親求助，邵嘉看到了微微顫抖的宥新，她伸手示意「宥新先回房間好不好。」

宥新剛要走，卻被楊律用力地抓住，她瘦小的身體懸在半空，宥新放聲大哭「媽媽……」

「媽媽……」幼小的邵嘉被父親抓在手裡，父親逼著母親「妳要是敢離開我，我就把她丟下去！」

下方是湍急的河流，邵嘉望著母親大哭，母親痛苦的點頭「好，我答應你，我不走，你快點把嘉嘉還給我！」

父親拎著邵嘉的衣領，冷風往裡灌，她不停地打著哆嗦，母親哭著，身體癱軟在地「求求你，把嘉嘉給我，我保證，以後都不會離開你！」

父親的手突然用力一放，邵嘉的身體落了一半，濺起的水花濕了邵嘉的鞋子，她覺得自己搖搖欲墜，母親痛哭失聲地癱軟在地，但為了救下邵嘉，母親幾乎用跪爬的姿勢爬到父親的腳邊，她顫抖地伸出手「求你，把嘉嘉給我。」

邵嘉雖逃離被河流帶走的命運，卻被父親重重地摔落在地上，造成她的右手臂斷裂，綁帶在三個月後拆了，但那段惶恐不安的記憶一直蠶食了邵嘉的勇氣，每每回想起都還會令她抽口冷氣。

此刻，邵嘉看著宥新被楊律拎著懸在半空，她克服自己內心的恐懼，看著楊律說

「放她下來。」

楊律冷笑「原來這就是妳邵嘉的軟肋！我一直以為妳天不怕地不怕。」

「不。」邵嘉看著楊律「你不瞭解我，其實我膽子非常小，我怕失去，我喜歡一成不變又平靜的生活，我害怕去走新的路，因為我不確定我自己能不能走得好。」

「可你卻跟著我來到這裡！」

對，來到一個全新的環境，邵嘉自認一路走得磕磕撞撞，但她從來也沒有抱怨自己的失去，因為總有收穫，她看著楊律「我不怕的原因是因為這一路都有你牽著我的手，都是你帶著我走的。」

「以後呢，會是誰牽著妳的手走？」楊律的情緒還處於激動的狀態。

「我希望還會是你。」邵嘉誠懇地望著楊律「把宥新給我……」

「那妳告訴我，今天跟妳在咖啡館的那個男人是誰！」

「誰？」邵嘉想了想「那是蘇曉的先生高博，之前他一直希望你去他公司幫忙……」。

「那個蘇曉？事事看不起我，總慫恿妳離開我的蘇曉是吧！」楊律額頭的青筋突起，他將宥新舉得更高，他不耐煩地吼道「我跟妳說過多少回，讓妳不要跟她聯絡，妳為什麼從來都不聽我的！」

「她從來也沒有讓我離開你。」

「所以這次也沒有嗎？」楊律逼近邵嘉「告訴我，這次有沒有！」

宥新被暴怒的楊律嚇得痛哭，楊律咆哮著「不要哭！」

邵嘉哽咽著「求求你不要傷害宥新。」

「我只想知道，這一次，她是不是又試圖動搖妳……讓妳離開我！」

「沒有。」邵嘉答得斬釘截鐵「我說過我不會離開你和宥新……」

邵嘉的手機突然響起，來電者竟是蘇曉，邵嘉故意不接，卻不料楊律問「電話是誰打來的！」

「是……」邵嘉按掉來電「應該是推銷買保險的。」

「拿給我看！」

邵嘉原不想拿給他，卻見楊律已經放鬆了拎起的宥新，她舒緩著楊律的情緒「我不應該騙你，剛才的電話是蘇曉打來的。」

楊律果然咆哮「她為什麼打來！」楊律上前欲奪邵嘉的手機「把手機給我！」

邵嘉將手機遞給楊律的同時，趁著他專注於手機的時候迅速搶下宥新，宥新趴在邵嘉的懷裡放聲大哭，邵嘉見楊律的情緒還不穩定，趕快將宥新拉在一邊「噓……宥新聽話，趕快跑回房間把門鎖起來……」

「媽媽跟我一起走，宥新好害怕！」

「快！」邵嘉推著宥新，宥新邊哭邊跑回房間。

楊律對著邵嘉的手機恍了神，時不時地發出冷笑聲，邵嘉雖然膽怯還是沒有逃，她上前抱住楊律「老公，你不要想太多，我不會離開……」

「是嗎？」楊律回頭看著邵嘉冷笑「那妳告訴我，這是什麼？」

楊律遞給邵嘉看的是一則簡訊，發件者是蘇曉，簡訊內容是「嘉嘉，妳要為自己的現在選擇，我的大件行李已經托運走了，如果妳決定好了這幾天盡快告訴我，我幫妳和宥新訂機票。」

「妳讓我不要多想！這也算是種巧合吧，非得讓我『眼見為實』！」

「我……」

楊律一把抓過邵嘉，他將邵嘉抵在牆角「這些年，如果不是沒個兒子，我會這麼不順利！我會事事碰壁？妳居然在這個時候離開我！」

「事情不是你想的那樣。」

「解釋就是最好的掩飾！」楊律用力地捏著邵嘉的脖子「妳有了第二手的打算，還沒有替我生個兒子就想跑！」

邵嘉的臉憋得通紅，她已經被楊律壓制得無法呼吸，她的面目猙獰，用盡力氣想要從楊律的蠻力中掙脫，可是所作一切都是徒勞，她痛得眼淚也掉了下來，楊律卻絲毫沒有放輕力道「是什麼讓妳失了魂，一直不願意給我一個兒子，原來是處心積慮地準備離開我，還是妳早已經愛上了高博？」

邵嘉痛苦地搖頭，想要說話卻發不出半點聲音，她努力扳著楊律的手，卻沒想到楊律越來越用力地掐住她的脖子，邵嘉覺得一陣暈眩，天地旋轉，她的耳朵似乎產生了錯覺，她的手漸漸變得無力。

「媽媽！」宥新從房間裡衝出來，她跑到父親的身邊用力地搖著失控的楊律「爸爸，媽媽怎麼了……」

楊律的手鬆了，邵嘉用力地喘息，她眼前是無數的星星，她全身無力，身體順著牆壁而滑落，宥新上前緊緊抱住邵嘉放聲大哭「媽媽……媽媽！」

「媽媽……媽媽……」邵嘉在昏迷中，似乎也曾這樣呼喚過。

九年前，手術室裡，難產的邵嘉躺在冰冷的手術台上從半夢半醒中醒來，她全身插滿了各式的管子，醫生在身邊圍轉，她長長的睫毛擋住了眼前的光，她扭轉頭努力想要看清計算她心速的數字是多少，可是眼前一片模糊，她幾度陷入昏迷。

眼前是一道迷霧，有幾縷光微微地散進來，她不知前方之路迷茫且不安地走動著，嘴裡不斷地叫著「媽媽……媽媽……」

媽媽沒有出現在她昏迷的那道夢境裡，邵嘉卻被一股巨大的力量推回了塵世，邵嘉一直都覺得那是母親給予的力量，讓她得以重新看這個世界，可以聽到孕育了八個月的生命可以喊自己一聲「媽媽。」

【・拾伍・】

邵嘉醒來的時候，宥新還躺在她身邊哭，看到邵嘉睜開眼睛，宥新緊摟住邵嘉的脖子「媽媽，我好怕妳會死。」

邵嘉想挪一下身體，卻覺得身體疼痛難耐，她摸著宥新的頭，想要給一句安撫的話，卻發現自己的喉嚨根本就出不了聲音。

「媽媽，下次如果再這樣，妳就直接跑，不要等宥新，宥新都可以從學校找回咖啡店了，應該也可以找到媽媽的。」宥新的話讓邵嘉心疼，她點了點頭。

「還有，如果媽媽下次真的跑不掉，就哭吧，宥新聽到媽媽在哭，就會出來保護妳了。」宥新抿抿小嘴又說「媽媽，妳不要哭，妳最喜歡宥新了，宥新可以親親妳呀，抱抱妳呀，這樣妳就會笑了。」宥新鑽進邵嘉的懷裡「媽媽，妳笑了嗎？」

邵嘉的臉上浮現一絲笑容，她點點頭。

楊律在這時候推門進來，宥新看到父親後立刻緊緊地抱住了邵嘉，楊律哄著宥新「宥新乖，爸爸要幫媽媽檢查一下，看她有沒有受傷，妳這樣一直緊緊抱著，萬一她受了傷卻不能給醫生伯伯看的話，我怕她會死掉。」

邵嘉看著楊律，「死亡」一詞從前都是他們對宥新不曾提起的話題，覺得那個話題太沉重，孩子總愛問為什麼，邵嘉不願意將事情美化，所以她寧可從一開始就杜絕讓宥新接觸，時至今日，她看著楊律，覺得楊律的冷血與陌生讓她害怕。

果然，宥新哭了「我不要媽媽死，我不要媽媽死！」

邵嘉拍拍宥新的頭，楊律看到了邵嘉的不滿，他上前拍拍宥新的頭「所以才要讓爸爸幫媽媽做檢查，宥新妳先出去好不好。」

「媽媽，妳要記得我們的約定喔，一定要記得喔。」宥新眼裡含著淚不捨地離開房間。

宥新剛走，楊律關上房門後立刻下跪，他幾乎以跪爬的方式來到邵嘉的床前，他握著邵嘉的手在他的臉上來回摩挲「老婆，這次是我的錯，我不該出手那麼重，我差一點就要了妳的命！我不是故意的，我只是太害怕失去妳！」

邵嘉把手伸回來別過頭不理會楊律。

這幾個月，她頻頻受到的傷害讓邵嘉不斷地反省自己，若她在第一次的時候就正當反擊防衛，並跟楊律劃清界限，現今的傷害能不能少一點？

楊律上前捧著邵嘉的臉「我說過我不想傷害妳，但是我控制不住，我不知道要怎麼做才能讓妳不胡思亂想，打得妳無力還擊，乖乖地聽話，這是我能想到的唯一的方式。」楊律靠近邵嘉，邵嘉的臉上露出痛苦的表情，楊律看著邵嘉脖子上的清晰傷痕，他又緊抓住邵嘉的手「我知道妳很心痛，身體也不舒服，但是我不能帶妳去看醫生……這樣會害了我的，我……不可以，不可以……」

宥新在外面敲門「媽媽，阿嬤來了。」

楊律連忙擦掉眼淚站起來，誰知道剛準備開門，婆婆已經進入了臥室。

楊方愛華看到躺在床上的邵嘉，神情微微一怔「怎麼了？」卻在楊律還沒開口的情況下又說「怎麼這麼不小心，摔成這樣。」

「媽媽不是摔的，是被爸爸打……」還沒等宥新說完，楊方愛華趕緊用手捂住宥新的嘴巴「小孩子懂什麼，明明就是媽媽不小心自己摔的。」

宥新推開阿嬤「阿嬤，爸爸說要帶媽媽去看醫生……」

楊方愛華看向楊律「你說的？這樣怎麼能去看醫生？」

宥新哭著求阿嬤「阿嬤，求求妳，一定要讓媽媽去看醫生啦，她這樣很不舒服，爸爸說如果她不看醫生的話會死的，我不要媽媽死！」

「死了不是更好，這樣爸爸就可以找人來幫宥新生個弟弟啦。」

邵嘉意冷心灰地掉下眼淚。

宥新哭著跪下「爸爸，你跟阿嬤講，我們可以帶媽媽去看醫生，她真的很不舒服，都沒有辦法開口說話了。」

「好啦好啦，哭著真是煩死了，我去弄個符水給她喝，求神明保佑她不會斷了這口氣！」婆婆推著楊律往外走「你出來，我有事情要跟你講。」

見父親和阿嬤都走出去，宥新哭著跑到邵嘉的床邊安慰著「媽媽妳不要擔心，阿嬤他們去想辦法救妳了。」

邵嘉自知他們根本不想出手搭救，而真正需要救贖的人又究竟是誰？邵嘉羨慕以前的自己，單純，善良，不知人心險惡，她善感多淚，卻在今時，身體與心靈承受巨痛，恐是對這家人已經徹底死了心，身心浸在了冰水裡，不管她願意不願意，現實就是把她原本柔軟的那顆心凍成了硬邦邦。

楊律在隔天的清晨跟邵嘉攤了牌，婆婆為他找了一個女人，那女人願意給他生個兒子，邵嘉那一夜其實都沒有睡，她倚靠著床邊，看著楊律那張誠懇無害的臉，不知道自己居然被這個男人傷得這麼深。

邵嘉的手顫抖著，她緩緩地伸出手，楊律的臉靠上來「我這一切都是為了我們。」

「為了我們？」邵嘉壓抑著內心的憤怒與不平。

「妳就當作我身體出軌，我向妳保證，嘉嘉，生完兒子後我就立刻回來！」

邵嘉的臉顫抖著，眼淚像是斷了線落下來，她忍住心裡的悲痛問「你到底是誰！」

「我是楊律，是妳先生，宥新的爸爸。」

「不！」邵嘉無奈地說道「你是魔鬼，你奪走了我對幸福的所有想像，你從來不給別人喘息的空間，你霸道地擁有了一切！卻還貪心地想要將一些不屬於自己的東西霸佔！」邵嘉原本想要舉手揮給楊律一個耳光，希望他能夠清醒地看清自己的問題，誰知道楊律比她更暴躁地吼道「我做這些是為了誰！」

邵嘉的手懸著，她的眉頭用力地皺在一起。

「不都是為了妳！都是因為太愛妳！」楊律吼著。

邵嘉的手垂下來，憤怒之火熄滅速度之快，仿似從未燃起過，楊律早已惡魔纏心，光靠她一個巴掌打不醒，她何苦費這般力氣。

「你讓她光明正大地進楊家，我帶宥新走。」

楊律氣急敗壞「妳怎麼可以那麼冷靜！」

「這不是你們一直想要的結果嗎？」

「妳到底愛不愛我！」楊律拍打著床邊「妳到底還愛不愛我！」

他們彼此耗費了太多的時間在爭論，在撕打，卻一直忘了事情的本質並不是如此，何以發展至今，不全是人們的自私以及自我造成的，他們從未設想過別人，包括邵嘉自己，她任事件發展，沒想到既來之則安之的心態就是給事件添了一把柴，把事件燒得火旺旺的。

邵嘉已經意冷心灰，她明白，縱然曾經茂盛的愛因忽略而枯萎，縱然一盞熱茶也生生地放成了冰冷透人心骨的冰水。

楊律拿起邵嘉的手在他的臉上胡亂地打下去「妳應該狠狠地打醒我，質問我怎麼可以這麼做！」

笑話！如今單憑她一己之力何以去挽這狂瀾？所有的憤怒全都偃旗息鼓，悶在心底裡，她不願以憤怒的姿態出現，是為了自己僅存的一點自尊。

邵嘉平靜地抽回手「楊律，退回我們最初的根本，我從來也沒有反對替你生個兒子，為什麼你們那麼堅定地認為我不願意？你們甚至沒有給我機會去證明！你就願意找了一個女人，你已經瘋了，失去了理智！」

「妳怎麼那麼倔強，妳知道我做這個選擇有多艱難！」

選擇？這話聽來嘲諷且沒有意義，但憑何他們可以厚顏無恥地做出選擇，可是她卻不能光明正大地提出對抗？

「我什麼也不要，我只要帶走宥新。」

楊律冷笑「忘了告訴妳，媽昨天把宥新帶走了，如果妳想讓宥新平安回來，從今天起，所有的事情，都是我說了算！」

「楊律！你瘋了！你把宥新還給我！把宥新還給我！」邵嘉情緒激動地吼著。

「只要你答應我……」

「從現在起沒有條件，我也絕對不會向你妥協，我只要宥新！」邵嘉眼神堅定地看著楊律「把宥新給我！」

【・拾陸・】

愛是什麼呢？是潮起時的洶湧，亦或是潮落後的迅速，是柔情，還是一把能殺人於無形的利器？邵嘉將她在婚姻裡獲得的愛，歸成了在塵暴中落下的腳印，一陣強風過境，總能無情地遮住走過的路，再回頭張望，平坦一片，仿似愛從未出現過，讓人心慌。

蘇曉得知邵嘉堅持要走，替她高興，但得知邵嘉要帶走宥新所要面臨的困難時，蘇曉勸邵嘉放手「既然楊律說會照顧好宥新，妳就隨這家人去，眼下顧好妳自己才是好的。」

「不行，宥新我是一定要帶走的。」邵嘉答得堅決「帶不走宥新，去哪裡我都不過是孤苦一人，哪裡都不是我的家，蘇曉，到時候我若是沒有出現在機場，妳就先走，不用等我。」

「說什麼傻話，多久我都會等著妳的。」

跟蘇曉收了線，邵嘉重重地嘆了口氣，這些年，她跟宥新的感情尤其獨特，她對宥新管教嚴格，卻也溺愛有加，比起宥新，邵嘉覺得自己更加依賴她，這些年她所經歷的一切，雖然宥新不懂，但每一個時刻，她都與自己共同經歷，這是一種相依為命的情感。

只是，堅持帶走宥新而引起邵嘉對於往事的沉思，讓她始終無法開口將過去的往事提起，怕一提起，眼淚又將潰了堤，她現在，必須強裝戰備，跟楊律，或是跟楊家所有的人，拔著她甘願以生命去賭的戰局。

楊律回來的時候，婆婆跟在身後進來，邵嘉上前打招呼，婆婆對她視而不見「妳怎麼還不走？我跟楊律說好了，他也願意去跟別的女人生孩子。」

「他要跟任何人生孩子我都沒有意見，但這是我的家，我為什麼要走？」

婆婆看著楊律「這是你跟她談的結果？」

楊律過去抱住邵嘉「妳就忍一忍，我說過我會保妳和宥新，我不會讓妳們離開我！」

邵嘉推開楊律「楊律，你給我聽清楚，我跟宥新有我們自己想要走的路，不需要你用冠冕堂皇的藉口來保護我們！這世上，誰都可以沒有誰。」

「可是我不能沒有妳！」

「不能沒有我，卻把我當作是你練靶子的道具，落在我身上的拳頭一次也沒有輕過，不能沒有我，卻侮辱我踐踏我，讓我必須接受你跟其他女人生一個兒子？楊律，你們真的夠殘忍了，把宥新還回來給我行不行！」

「妳給我閉嘴，我現在規劃的是我們的未來！」

邵嘉看著他「你的未來裡從來都沒有我！」

「要我怎麼說妳才能夠相信我！」

「我相信你，相信你是個媽寶，相信你毫無自己的判斷力，相信你此刻精蟲衝腦，楊律，別讓我用更惡毒的話來形容你。」

「你不了解我。」

「對，一如你也根本就不了解你自己，你失去了判斷，失去了生存的本領，甚至，失去了愛的能力。」

婆婆不知何時出現，伸手甩給邵嘉一個巴掌「我都不知道原來妳這麼牙尖嘴利！」

邵嘉摸著發燙的臉「這些年，我捫心自問，從來都沒有虧欠過你們，我很希望你們摸著良心看一看，倘若我父母在身旁，你們對我的刻薄和刁難，是不是會有所收斂！」

「妳在說什麼鬼話！」婆婆又準備出手，身邊的楊律一直不動，她伸出的手臂被邵嘉用力地抓住「從今天開始，妳不可以再碰我一次，一次也不行！」

楊律抓住邵嘉的手臂，語氣惡狠狠「邵嘉，妳不要逼我！」

邵嘉的心裡，第一次有了最真實的想要離開楊律的念頭。離開，去找尋那個清晨遺失的夢，去填平那個山丘，去找回真實的自己。

「逼你繼續以綁架宥新的名義來控制我！對不起，我們，離婚吧。」

楊律緊抓住邵嘉的手「妳以為我會這麼容易就妥協？」

未來之路有多艱難，從邵嘉在初秋的夜獨自面對第一次的傷痛開始，她就已然知曉，只是她從不敢面對，從不敢踏出自己設定的那個幸福假象的圈子。

「我那麼愛妳！」楊律咆哮著。

「不，你從來也不愛我，你只愛你自己。楊律，你只愛自己。」

楊方愛華板著一張臉，她的臉，抹著濃厚的白色粉底，眉毛短而向上揚起，像是兩把拔鞘欲出的劍，紅如鮮血的唇抖動著「妳給我閉嘴！」

邵嘉看著她「從現在起，也請妳在我的人生裡，閉嘴！」

「楊律！打她！」

楊律果真揚起了巴掌。

邵嘉看著他，突然意識到楊律很可憐，從來沒有自己的主觀意識，沒有自己的想法，所有的一切都必須接受楊方愛華的引導，或者是，命令。那麼，跟自己結婚這件事情，是楊律真的對自己動了心，還是欣然接受楊方愛華給予的命令？邵嘉對於過去無從知曉，她只覺得過去十年恍若夢一場，她想著，夢該結束了，她該醒了。

楊律的手顫抖著「妳到底要怎麼樣，才能讓這個家徹底安靜！」

「我只要宥新，我會帶她離開，我們離開之後，這裡安靜或吵鬧，都跟我徹底無關！」

楊方愛華看著邵嘉「妳那麼想要宥新是吧，宥新……我讓她去見外婆外公了……」楊方愛華發出陰陰的笑聲，這笑聲讓人寒毛都忍不住豎起來，只見她看著邵嘉「妳不讓我的孩子得以安生，我憑什麼讓妳的孩子好過！」

邵嘉咬牙忍住內心的憤怒，她抓住楊律的衣服「你知道宥新在哪裡，把她還給我！」

「我不知道。」

「你們都瘋了！全都瘋了！」邵嘉痛哭著「宥新，宥新，妳等我，不要害怕，媽媽馬上來找妳！」

楊律一把抓住邵嘉「妳不要走！」

「放開我！」

「我跟妳說，妳不能走！」楊律緊緊地將邵嘉摟在懷裡「妳待在我身邊就好！」

「我要去找宥新！」

「不可以！我讓妳乖乖地待在我身邊！」楊律突然一把抓住邵嘉的衣領，邵嘉重重地跌在地上。

「啊！」邵嘉慘叫。

婆婆連忙上前問「楊律，你做什麼！」

「媽，妳放心，我不會對嘉嘉怎樣，妳先回去，等事情都處理好了我會去找妳。」

「你不要太衝動……」

「媽，妳先回去！」

「不要走！」邵嘉向婆婆求救「拜託妳，救救我，楊律已經瘋了！」

「媽，妳快點回去！」

楊方愛華打開門快速地離開，邵嘉絕望地看著那扇門關起來，楊律拖著邵嘉進了宥新的房間。

宥新房間。

夜燈閃著微暗的光，楊律用牙齒撕咬著床單，清脆的撕扯聲在寂靜的時刻像是一把刀，磨平了邵嘉對楊律僅存的溫柔記憶，她用力掙扎，臉上卻被楊律狠狠地甩了無數耳光，直到她癱軟，楊律才罷了手。

楊律用布條將邵嘉的身體全都捆綁起來，又塞了一塊厚厚的布堵住了她的嘴巴，楊律靠近她威脅著「如果妳再敢跑，我就打斷妳的腿，讓妳永遠都看不到宥新！」

邵嘉的眼裡閃著淚光，她拚命地搖頭，楊律摸摸她的下巴「嘉嘉妳放心，等有了兒子，一切順利了，我會對妳好的。」

夜燈被楊律隨手關了，他走出去，巨大的身影消失在門前，門被楊律落了鎖。

邵嘉的世界，徹底地黑了。

今日的邵嘉被不再溫暖的楊律一再摧殘了她的愛情觀，她覺得自己那麼多年鋪就的愛情之路，如今看來，不過是荒腔走板的一齣鬧劇。邵嘉彷似看到了母親堆起的山丘，看到那些塵土飛揚裡夾帶著母親的心酸往事，看到落在光禿掃把上母親那難以言說的委屈與憤怒，以前不懂的，未能參透的，在此刻，邵嘉全都明白了。

【・拾柒・】

邵嘉依稀聽到楊律離開家的聲音，她盡量把已經僵硬的身體坐直，突然，一隻手伸出來撫摸她的臉，邵嘉本能地用膝蓋反擊，膝蓋撞到了對方的臉，他痛得嘶嘶叫，忍不住地朝邵嘉甩了一巴掌，邵嘉重重地倒下去，頭撞到床板發出悶重的響聲，邵嘉覺得眼前有無數顆星星，她強忍住疼痛，以跪的方式又重新坐了起來，那雙手伸過來摸她的頭，見她反抗，另一隻手則用力地伸出壓制了她的頭。

他的手從她的額頭開始撫摸，緩慢地滑到了她的眼睛，他用食指在她的眼角摩挲著，語氣質疑地問「不痛嗎？為什麼妳都沒有哭？」

邵嘉想要別過頭，那雙手用的力道更重「妳以前很愛哭，愛哭的妳讓我束手無措，但我卻能抱著妳，抱著妳，妳就好了，就安靜地躺在我懷裡，那時候我覺得自己非常偉大，因為我可以征服妳的眼淚！」

他靠近邵嘉「可是現在呢，妳再也不哭了！妳不哭，我要用什麼方法安慰妳！既然我找不到方式，那就繼續讓妳哭吧，只有妳哭了，我才能擁抱妳！」

暗夜裡，他發出冷笑聲「這樣我才覺得自己存在著！在妳邵嘉的世界裡存在著！」他的手繼續在她的臉頰撫摸「你知道嗎？小時候我爸媽常打架，家裡的家具沒有一件是完整的，全部都是碎的、破的，所以認識妳之後，我堅持要買一個新家給妳，給我們，在這裡放著的東西全都是新的！」他湊上前親吻邵嘉「我也不是非要有一個兒子，嘉嘉，我當然知道那是迷信，只是這段時間我壓抑得太辛苦了，我不知道要怎麼釋放自己，我突然發現，看著妳痛苦掙扎，而我就是不願意放手的那個時刻，我最愛妳！」

若不是邵嘉無法開口說話，她應該很想告訴楊律，那樣的愛早已變質畸形，早該丟了。邵嘉跺腳以示抗議，他用雙手將邵嘉的身體放平，邵嘉弓著身體，他再用力地扳過來，黑暗裡，他們這樣的動作反覆多次，他累得氣喘吁吁，終於忍不住拿掉一直塞在邵嘉嘴裡的布，不等邵嘉開口，他的唇就迎了上去，他柔軟的舌在她的唇前碰了壁，怎麼用力都沒辦法進入，他氣急敗壞「妳還在生氣？」

「把宥新給我！」

「妳的眼裡永遠都只有宥新宥新，妳什麼時候才能看到我！」楊律站起來，他將衣櫃裡的衣服全都丟出去，用力推倒眼前的衣櫃，衣櫃倒在地上，伴隨著塵土與木屑的氣味，邵嘉開始劇烈地咳嗽。

「妳什麼時候可以看到我！」楊律紅著眼睛逼近邵嘉「我在妳的眼裡有那麼孬種嗎？妳連看都不想看我！小時候爸媽吵架，我就躲在衣櫃裡，他們從來都不找我，每次都等著我主動出現！妳呢，嘉嘉，妳什麼時候主動找過我！」

邵嘉痛苦地閉上眼睛。

他們共同生活了長達十年，邵嘉從來不知楊律的童年過得如此隱晦不堪，原來他們的愛從一開始就注定是殘缺，他們像是兩隻受傷的小獸，在需要彼此的時候相遇，惺惺相惜，互抱取暖，卻從未想過黑暗的記憶永遠都冰冷殘酷，邵嘉靠著宥新的愛讓她暖了回來，可是楊律卻始終獨自抱著那塊堅硬的記憶，直到那塊記憶變得冰冷且沉重，將他重重壓垮。

楊律靠近邵嘉「嘉嘉，記得以前我問過妳，妳恨我嗎？妳一直沒有回答我這個問題，我在心底裡一直設想妳是不恨我的。」

邵嘉怎會不記得，那時候的她正徘徊行走於思念父母的記憶之谷，谷道狹窄，四周是懸崖峭壁，偶有巨石崩落，邵嘉心裡揣著思念，所以從未懼怕那些巨石會將自己碾平，因她心裡從未有所恐怖，所以任由那些巨石轟隆而下，她反倒能輕巧避身，現今，楊律再問她恨與否，邵嘉只覺自己身處另一道看似平穩卻佈滿危機的道路，前方渺茫，她知有險境，卻還必須提著膽子繼續往前行。

她何以要這樣擔驚受怕，尤其在飽受楊律的身體傷害之後，還要被他一次次地摧殘她的精神，邵嘉的睫毛微微地顫抖著，生怕一張開眼，那滾燙的淚湧出來，讓楊律有了合理去擁抱她的理由。

「我以前，一直都在想，該怎麼做才能讓妳不哭，但顯然，我那樣做是失敗的，我不斷地傷害了妳，不如現在妳告訴我，我要怎麼做，妳才能夠快樂？」

邵嘉哆嗦著嘴唇，艱難地說「帶宥新回來。」

「是不是帶她回來，我們就能過回以前的日子！」楊律捧著邵嘉的臉親吻著「我可以這麼認為吧，如果是這樣，我現在就去帶宥新回來！」

現在的楊律已經瘋了，邵嘉知道自己不能一再地激怒他，現下找回宥新才是最重要的。

邵嘉看著楊律「那你去把宥新帶回來好嗎？」

楊律傻笑「好，妳說什麼都好，我去把她帶回來。」

「我可以拜託你一件事情嗎？」

「妳說！」楊律靠近她「只要是妳讓我去做的事情，我都會去做！」

「幫我把繩子解開……我……」

「等我回來。」楊律拍了拍邵嘉的臉欲起身離開。

「我不會走！」邵嘉向他保證。

「坦白說，我不知道妳現在的想法，嘉嘉妳等我回來，我知道妳不喜歡這裡，我可以帶著妳和宥新走，妳想去哪裡？」楊律看著邵嘉「如果妳不想生兒子也沒有關係，我們可以離開這裡啊，妳想去找妳父母，我也可以不要這條命，我們帶著宥新一起去……」

「不，不要……」邵嘉搖頭「你千萬不要這樣想……」

「宥新那麼喜歡妳，只要是妳說的，她一定願意跟妳走。」

「老公……」

楊律靠近邵嘉，將那塊厚布又塞進了邵嘉的嘴巴，燈被楊律關了，邵嘉的世界又陷入了一片黑暗。

#【．拾捌．】

邵嘉聽見房門被大力關上的聲音，她試圖起身，卻一個不穩從床上重重地摔到地面，她的頭撞到倒在地上的衣櫃一角，她覺得額頭上熱熱的，衣櫃的一角全是血漬，邵嘉表現得從容淡定，她艱難地跨越衣櫃，試圖找到工具解開綁在身上的繩子，她在黑暗裡摸索著，房間裡傳來物件落地的聲音，邵嘉似乎聽到了沉重的腳步聲，一道光影在門口停下，邵嘉繃緊神經，連自己急促的呼吸在此刻都被她放得緩慢了，慢慢地，那道光線又移開了，沒有聽到腳步聲的邵嘉雖然覺得自己是多想了，但還是放輕自己的聲音，在房間裡尋找可以利用的工具。

她摸遍了房間每一處，卻找尋不到自己需要的所謂的「利器」，原本擺放在宥新房間的書桌不知何時被清空了，邵嘉走到窗前，她用頭努力地拖開窗簾，外面已經是黃昏，路人匆忙而過，當初擔心宥新的安全，所以她房間的窗戶被落了鎖，邵嘉沮喪地退回房間，努力尋找著可利用的工具。

邵嘉想起宥新的床墊下方有鐵片，她努力用肩膀抬起床墊，一次次地失敗讓她快要失去希望，可是只要一抬頭看到放在床頭的宥新的照片，她就覺得不該放棄，嘗試終於有了小進展，她將床墊拉開了一角，卻發現那塊鐵片只是嵌在床板中間，她在窄小的床板中間，試圖解開綁在手上的布條，而那狹小的空隙根本無法幫她解開綁在手上的布條，邵嘉用鐵片的一角用力地勾住了她含在嘴裡的厚布，然後再用力地施力，嘴裡的厚布被鐵片扯住，她的嘴巴終於解脫了。

她用牙齒咬著綁在手上的布條，嘴裡充滿了血水的味道，但邵嘉不敢有半分的鬆懈。走道和房間裡漫進了焚燒的氣息，那些濃烈的煙很快就布滿了宥新的房間，它們嗆進了邵嘉的鼻子和口腔，她發出劇烈的咳嗽聲，而這種猛烈襲擊的架勢讓邵嘉感到惶恐，她一直努力地咬著，嘴上全部都是她的鮮血，沾滿了布條，她的呼吸急促而用力，她要趕在死神抵達之前逃離這裡！

終於，手上的布條被解開了，邵嘉的手腕已經被布條勒出兩條深紫色的印痕，她滿腦子想的是如何盡速地離開這裡，所以對於疼痛絲毫沒有覺察，她迅速地解開了腳上的布條，打開房間衝了出去，她先回到房間想要撥打電話報警，才發現房間裡的電話線已經被剪斷，而房間裡的窗戶被木板釘死，邵嘉到處找手機，也找尋不到，她準備跑去客廳，突然，她停住了腳步。

她從抽屜裡拿了一把小剪刀和一枚鐵釘，又拔腿往外跑。

客廳裡，煙霧瀰漫，而在那片濃煙裡，楊律看著她笑「妳讓我相信妳？」

邵嘉停住了腳步，她將剪刀和鐵釘藏在褲子的口袋「你沒有去帶宥新？」

「妳真以為我那麼傻？」楊律笑著「妳是怎麼辦到的，綁得那麼結實妳也能解開？」

「你現在到底想要怎麼樣！」

「怎麼樣？妳真以為我精蟲衝腦只想生個兒子，我只想讓妳跟著我開心！可是我過去這些年，從來都不知道妳邵嘉是不開心的！我知道妳很想念父母，想外婆，我們就放下這塵世間的所有的糾葛，去那個極樂世界找他們！」

「我們不能這麼自私，外婆一直告訴我要好好活著，她臨終前囑托你要照顧好我的！」

楊律點點頭「我相信這會是最好的安排，妳相信我，嘉嘉，我們以後永遠都在一起，沒有煩惱、沒有爭吵，我們會很安靜……」楊律走到邵嘉面前，邵嘉連連退步「不要，你醒一醒，不要這樣！」

「妳有更好的安排？離開我？不！」楊律不滿地說「那不是我喜歡的結局，這個一點也不好……嘉嘉妳乖，相信我！」

楊律緊緊地摟著邵嘉走到窗前，窗戶已經被木板封死，楊律顯然很滿意他的傑作「門縫原本要釘的，可是還沒有時間，妳啊，何苦大費周章地把自己解開……」楊律把邵嘉扶著讓她坐進沙發裡「怎麼了？你冷啊，等一會我把木炭生了火，這房間裡就會變得很溫暖……」

邵嘉拉住楊律的手「宥新，宥新在哪裡？」

「妳放心，我把她安排好了。」

邵嘉此時一心想要救出宥新，她拉住楊律的手「其實我真的很想我媽，想念外婆，可是以前我一直都沒有勇氣這麼做，既然這條路你願意陪我，那我，可不可以抱著宥新，讓她躺在我的身邊？」

「妳真的願意？」

「我願意。」

楊律開心得手舞足蹈「我就知道妳會喜歡我這樣的安排，再等一下，等我做完這件事情，我就去帶宥新！」

楊律突然抱來一疊相簿，火盆裡的炭微微冒起了火光，只見楊律打開相簿，將裡面的照片一張張地丟進去，邵嘉覺得一陣暈眩，楊律手裡拿著的是邵嘉僅存幾張的與父母還有外婆的合照，邵嘉感到她的世界正搖搖欲墜，隨時都有崩塌的危機，邵嘉的手用力地抓著衣服，呼吸漸漸變得無力，她剛要站起來，卻被楊律示意坐下「噓！不要動！妳坐著就好！」

楊律將相簿丟進了火盆，火苗迅速地竄高，它貪婪地吞噬了所有的美好片段，邵嘉撲向火桶，急於想從火桶裡救出她的全家福，相片在火苗聲中嘩啦作響，被邵嘉抓住的相片一角也被餘火迅速燃成了灰燼，邵嘉搶過相簿，裡面空空如也，仿似所有過往被人無情地搶掠佔有，蠻橫霸道、毫不留情地踩踏而過，邵嘉的情緒開始徹底崩潰，沒有任何迴旋的餘地。

邵嘉的聲音帶著哽咽「你怎麼可以這麼做！這是我跟他們最後的合照了，他們不在了，以後我再也沒有機會看到他們了！」

「妳在擔心什麼？我們很快就可以看到他們啦！」楊律一派輕鬆。

邵嘉摸到了口袋裡藏著的剪刀，她捏著剪刀，一步步地走向楊律。

【‧拾玖‧】

火光倒映在楊律的臉上，他的笑猙獰、可怕，邵嘉每走一步，都覺得像是走在一條已經在墜落的橋面，她所踏過的每一次，連同過去的美好記憶全都在瞬間摔進了萬丈深淵，她緊握著剪刀，在走近楊律的時候，朝他的手上重重地刺下去！

剪刀直插進楊律的手掌，他一臉錯愕地抬頭看向邵嘉「他媽的！妳到底在做什麼？妳不願意！」楊律痛得嘶叫！

邵嘉跑過去想要開門逃走，卻被緊跟在後的楊律一把抓住「妳騙我！那裡有妳爸媽，有外婆，妳怎麼可以不去！」

「放開我！」邵嘉轉身推開楊律。

她奮力地往前跑，她已經抓到了門的把手，只需要打開它，她被封閉的人生也將就此打開，楊律用沾滿血的手抓住了邵嘉的頭髮，邵嘉被他重重的摜倒在地，她的臉上露出痛苦的表情，但她還是奮力地爬起來，楊律死死地抓住她的頭髮，把她拉往火盆的方向。

火盆裡的火還在肆無忌憚地吐著火舌，楊律將隨手可得的物件全都丟往火盆，火苗「撲」地騰了起來，貪婪地包裹住火盆裡的一切物品，拖行至沙發的時候，邵嘉的腳勾住了沙發的一角，原本走得很順的楊律發現怎麼也拖不動邵嘉，他用力地拉扯邵嘉的頭髮，她強忍住痛，竭盡力氣地用腳勾住救命符，楊律終於鬆開了他的手過去扳開她的腳，邵嘉對準楊律用力一踢，楊律跌倒在地「靠！」楊律咒罵，邵嘉趁機起身跑，楊律拿起茶几上的物品毫不猶豫地攻擊邵嘉，她的頭被酒杯砸中，溫熱的血順著頭髮往下流，邵嘉動作迅速地撕扯著上衣，她包裹住頭髮邊向外跑，楊律被邵嘉徹底惹怒了「妳他媽的瘋了是不是！」

「瘋的人是你！」邵嘉跟楊律在房間裡對峙。

「對，我瘋了，所以才想要帶著妳們一起走！」

「宥新到底在哪裡？」邵嘉哭著問。

「我把她藏在一個很安全的地方，妳放心，我們帶著她一起進天堂！」

「我們進不了天堂……」

「誰說的！」楊律暴躁地否定邵嘉。

「擅自離開塵世的人，都進不了天堂，那扇門不會為我們而開。」

「不會的，我們活得那麼痛苦……」

「死去的靈魂更痛苦！你不要這麼自私好不好？宥新還那麼小，她應該有很好的未來……」

「我自私！」楊律吼著「我不工作那是因為不順利！我喝酒是因為心裡太壓抑！我要帶妳們離開這痛苦的人世，是因為我愛妳們！我那麼愛妳們！在妳們眼裡我竟是『自私』？」

「這根本就不是愛！」

「那妳告訴我，我什麼時候才是最愛妳的！」

楊律卯足了勁，突然上前一把抓住邵嘉，他的手死死地拉住邵嘉的衣領把她拖往火盆「妳一直覺得我不愛妳，我愛得那麼用力，可是妳卻一直看不到！」

「放開我！」

「我答應過外婆，要好好牽著妳的手，我還沒有看到她，怎麼會輕易放開妳？」楊律將邵嘉的頭靠過火盆「嘉嘉，妳感受到了嗎？這盆火有多旺，我對妳的愛就有多炙烈！」

「放開我！」邵嘉提起腳踩楊律。

楊律卻突然發笑「都說暴躁因子是遺傳的，我遺傳了父母，妳雖然一直逃避，卻不得不可憐地承認，妳也遺傳了妳父親的基因，妳看看妳，多暴躁，剛才踩我的時候用了多少功力？」

邵嘉覺得楊律真的瘋了，可是現在她被楊律挾制，想要抗衡卻又無力反駁，邵嘉雖然覺得刺傷楊律是她的愚蠢行為，要是她能夠再狠一點一刀斃命，她現在早已經救出宥新離開這危險之地。

邵嘉攢著自己的力氣，她裝作沮喪消極地說「什麼時候我們才會失去知覺，去見見媽，見見外婆？」

「很快的。」楊律抱著邵嘉。

邵嘉的視線瞄向了門「你把窗戶釘死了，可是怎麼還留了一道門縫？」

「那條縫很小，我用地毯塞在下面。」

「可以把它釘起來吧？這樣就不會有人知道我們在家裡燒炭……」

「現在是深夜，沒有人會注意到這些細節，我們的痛苦很快就能獲得解脫……」

楊律抱住邵嘉「我們很快就會帶著宥新跟外婆見面了。」

「宥新……」

楊律摸著她的頭「放心，我把宥新放在一個很安全的地方，以前每次看著爸媽吵架，我就把自己藏在一個安全的地方……」楊律眼角泛起了淚光「等他們打鬧結束了，我再從那個秘密基地裡爬出來，我覺得宥新會喜歡那個地方。」

楊律對於過去緘口不提，邵嘉對於他那段的黑暗記憶也一無所知，而她得知楊律悲慘的童年，亦不過是從這幾個小時的片段裡不斷蒐集，靠著她的記憶去彙總的，她回想自己與楊律之間的爭執，可是卻一直沒有半點頭緒。

就在這時候，邵嘉看到了曙光，她的手機！就在茶几上！楊律看到她有點恍神，問「妳怎麼了？」

邵嘉突然抱住楊律「你說我對你從來不主動，就讓我主動一次吧！」

楊律臉上浮現了笑意，邵嘉見他放鬆對自己的防備，她慢慢將手移開，伸手去摸口袋裡的鐵釘。

「妳要做什麼？」楊律突然抓住她的手。

邵嘉驚恐地看向楊律，聲音結巴著「沒……沒有要做什麼！」

「繼續抱著我！」

「好。」邵嘉一隻手抱住楊律，並抬起頭看著楊律「你還記得嗎？你第一次帶著我走下飛機的時候，我看到這片土地，我跟你說的話是什麼？」

「記得。妳說，這裡將會是妳的熱土，妳會傾盡所有地去愛它……」楊律看著邵嘉「就像妳一直都愛著我，那樣地愛著它。」

邵嘉點點頭「你都記得。」

楊律閉上眼睛「以後我們將永遠長眠在妳喜歡的『熱土』裡，閉上眼睛，我們一起迎接這個美好的時刻！」

邵嘉看著楊律的神情，她輕聲地說「對不起！」

「怎麼……啊！」楊律發出尖叫。

邵嘉的手顫抖著，那枚鐵釘已經釘進了楊律的腳板，鮮血急速地湧出，楊律抓住邵嘉的頭直接撞向地板「妳瘋了！」

邵嘉的額頭立刻腫起一塊，她用腳蹬開楊律，跑到茶几上拿起手機。

楊律衝著她吼「妳以為我那麼輕易地讓妳拿到可以對外求救的工具？」

邵嘉試著打手機，才發現手機是一片黑屏，再翻開手機一看，原來電池早就已經被拔除，她摔掉手機。

楊律的臉色已經變得慘白「笨蛋！」他咒罵著。

邵嘉恨恨地看向楊律「是，我是個笨蛋，從來都不知道枕邊人是個惡魔！快點告訴我，宥新在哪裡！」

「哈哈！」楊律發瘋似地笑「妳現在有機會可以跑啊，妳為什麼不跑！不承認自己是個笨蛋都不行！」

「把宥新還給我！」

楊律痛得嘶嘶叫，他試著拔掉腳上的鐵釘。

「快告訴我，宥新在哪裡！」

楊律發瘋似地狂笑。

邵嘉想起她與楊律的對話。

「把宥新給我！」

「妳的眼裡永遠都只有宥新宥新，妳什麼時候才能看到我！」

「妳什麼時候可以看到我！」

「我在妳的眼裡有那麼孬種嗎？妳連看都不想看我！小時候爸媽吵架，我就躲在衣櫃裡，他們從來都不找我，每次都等著我主動出現！妳呢，嘉嘉，妳什麼時候主動找過我！」

衣櫃！

宥新房間的衣櫃已經被楊律推倒了，那時候邵嘉並未發現宥新，而現在唯一的可能，宥新很可能被楊律藏在他們房間的衣櫃！

邵嘉跑往房間，楊律用盡力氣將鐵釘拔除，鮮血湧出，他拿起沙發上的衣物包住腳，一跛一跛地緊跟著邵嘉。

【・貳拾・】

邵嘉跑去臥室，打開衣櫃的那一刻，她的眼淚就像洩洪般地湧出來，宥新的身體蜷縮在衣櫃的一角，看到邵嘉後的宥新不停地蹬腳，眼眶裡噙著淚水，邵嘉覺得刺心的疼，她抱過宥新「宥新妳不要怕，媽媽來了！」

邵嘉拿掉塞在宥新嘴巴裡的厚布，又幫她拆開綁住手腳的布條，宥新趴在邵嘉的懷裡放聲大哭「媽媽，我好害怕，爸爸到底怎麼了，他看起來好可怕！」

邵嘉抱住宥新「宥新乖，把媽媽抱緊，我帶妳離開這裡！」

宥新聽話地緊緊抱住了邵嘉，邵嘉抱著她衝出房間，邵嘉不敢放鬆警惕，她小心翼翼地抱著宥新穿過走道，來到客廳的時候，邵嘉沒有看到楊律，地板上留有一長串的血漬，她的心頓時又緊張起來，這時宥新輕聲說「媽媽，宥新可以自己跑，我會緊緊牽著媽媽的手一起跑的！」

邵嘉才抱著宥新跑過這短短一程，已經累得氣喘吁吁，她不知道還需要跟楊律抗衡到什麼時候，萬一他在此時突然撲出來，邵嘉深知自己不是他的對手，聽從宥新的建議未嘗不是好事，她放下宥新交代「宥新，一會有危險的時候，妳一定不要管媽媽，用力地往前跑，知道嗎？」

宥新嚶嚶地哭著「不要，宥新要跟著媽媽一起走！」

邵嘉蹲坐在宥新身邊「宥新妳乖，如果妳有機會跑出去，記得打電話報警……」

「那警察會來救媽媽嗎？」宥新的哭聲更悲痛。

邵嘉點點頭「但是我還是想跟宥新一起跑著離開這裡，我們都盡力地跑，好不好？」

宥新用力地點點頭。

邵嘉聽到身後似乎有動靜，她剛想回頭，卻不曾想到一記悶棍落在了邵嘉的頭上，鮮血順著頭髮滴落，邵嘉覺得一陣暈眩，身體「轟」地重重倒了下去，她的眼皮有些沉重地張闔，只見楊律一臉憤怒地拿著木棍站在她面前，宥新剛要跑，就被楊律伸手抓住，他扔掉手裡的木棍，抓住宥新的手，又拖起了在地上掙扎的邵嘉「妳們吶，全都想要跑！天底下，去哪裡找比我更愛妳們的人呢？」

「我可以留在這裡……」邵嘉虛弱地說「但是你要放宥新走！」

「不行！為什麼妳一定要堅持讓她走！外面世界險惡，跟著我們，她會更加安全。」

宥新跪在邵嘉的身邊，她幫邵嘉拭去眼角的淚滴「媽媽，你們要去哪裡？宥新哪裡都不要去，宥新要永遠地陪著媽媽！」

邵嘉痛苦地閉上眼，眼前陷入一片黑暗。

黑暗慢慢被光揭開，年幼的邵嘉站在一束光亮裡，傷痕累累的母親拖著疲憊不堪的身體，臉上依舊掛著淺淺的笑意，她蹲坐在邵嘉的身邊，牽著邵嘉的小手問「嘉嘉，媽媽要走了……」

邵嘉緊緊地抱住母親「媽，妳要去哪裡？求求妳，帶著嘉嘉一起走！」

「嘉嘉，我……不能帶著妳……」母親擦著眼角的淚「原諒媽媽，不能帶著妳一起走！」

「不要！媽，求求妳，一定要帶著我！」

「媽媽要去的那個世界，不可以帶著妳，妳要好好地生活在這個世界喔，媽媽知道妳生活得好，會很欣慰的！」

「媽媽！」邵嘉緊緊地抱住她。

再一束光亮照進的時候，成年的邵嘉與父親在看守所的最後一次見面，父親告訴她「嘉嘉，那時候媽媽過得太痛苦，想要了結自己的生命，但是為了妳，為了不讓妳傷心難過，她才繼續留在這世上，承受我對她的各種傷害！」

邵嘉驚愕地捂住嘴巴，她從來也不知道，母親的「離開」是去往另一個世界，與現在毫無關聯的世界。

「她很感激妳在那一時刻留住了她，我知道我沒有資格，但還是想將她那時候說的話轉達給妳，『嘉嘉，凡事都要用力地撐過去，死解決不了任何問題，那是懦弱者才會做出的愚蠢決定，嘉嘉在媽媽的眼裡非常有智慧，妳值得讓我們信賴吧？』父親焦急地看著邵嘉。

邵嘉哭著用力地點頭。

「那，如果在另一個世界，我可以遇見她，我會把妳的承諾轉達給她。」

邵嘉的眼淚掉下來「我可以問你一件事情嗎？」她痛苦地看著父親。

父親點點頭。

「那天，是為什麼？為什麼要用那種方式，非要奪走她的生命？」

時鐘嘀嗒嘀嗒，雨水滴答滴答，邵嘉的眼淚，叭啦叭啦。

「因為，她執意要帶妳走，不是以結束生命離開我，而是她想要給妳一個全新的生活。」

客廳裡。

邵嘉緩緩地睜開眼睛，房間裡已經被濃煙包圍，宥新的身體柔軟地趴在她的身邊，楊律坐在不遠處陷入沉思的狀態。

邵嘉看到火盆裡還有餘火，她努力地爬起來，耳朵響起父親的聲音「嘉嘉，凡事都要用力地撐過去，死解決不了任何問題，那是儒弱者才會做出的愚蠢決定，嘉嘉在媽媽的眼裡非常有智慧，妳值得讓我們信賴吧？」

她努力地坐起來，手臂撐著茶几用力地讓自己站起來，她的身體搖晃著，她努力地向前邁進，她顫抖地伸出手，不顧火盆的滾燙，端起火盆朝著楊律撲了過去，火盆裡的火苗迅速騰起裹住了楊律。

「啊！」楊律布滿血絲的眼睛裡甚是恐怖，他在房間裡慘叫。

楊律朝邵嘉撲過來，他死死地掐住邵嘉的脖子「妳這個臭三八！我現在就帶著妳，天堂進不了，就一起下地獄！」

邵嘉的臉憋得通紅，她抬腳朝楊律受傷的腳踩下去，楊律退後，身體倒在沙發上，他背上的火碰到沙發後燒得更猛烈，楊律悲慘地叫著。

邵嘉抱起宥新，艱難地邁著步子，終於，她打開了房門，順著樓梯往下走，樓下的住戶發現了邵嘉和宥新，他們協助邵嘉和宥新離開大樓。樓下，遠處傳來救護車的聲響，邵嘉抬頭看著那幢房子，熊熊烈火燒掉了過去所有的記憶，往事一幕幕迎面而來，有歡笑、有眼淚，有驚喜亦有恐怖，她緊緊地抱住宥新，宥新小小柔軟的手指輕微地動了動，邵嘉更緊地抱住了宥新，顧不得淚水早已爬滿了她的整張臉。

光慢慢地染亮了夜，為漆黑的晨鋪上了繽紛的色彩，陽光從雲層裡慢慢地升起，宥新的長睫毛眨動著，醒來的時候她看著邵嘉「媽媽，我愛妳。」

邵嘉在此刻，也懂了「愛」的真正定義。

愛是什麼呢？愛是走過萬水千山，還能溫暖地擁有妳，抱著妳……

以愛之名

【太陽篇】

等風來

報社。

朱顏抱著滿滿一疊的採訪資料，剛進辦公室，就被同事小丁拉住「朱顏姐，您聽說了沒有？」

朱顏一頭霧水。

「你們組別要大改編，原本屬於生活類的採訪也會併入你們社會組，這算不算是大動盪？」

組別改編這件事情，朱顏聽總編們開會談論過，但現實中讓朱顏操心的事情太多，她完全沒有心思去想這一件，小丁才不管朱顏的興致缺缺，繼續著她的八卦魂。

「你放心，以我在報社這幾年的觀察，朱顏姐姐是仙女的命，這幾年採訪的內容多次引起關注，掀起無數輿論話題。我掐指一算，朱顏姐，您不僅是安全的，還有可能升任生活類的總編啊！」小丁一臉花癡的緊盯著朱顏「如果我這個丁神算真的靈驗，未來您的大腿我抱定了啊！」

朱顏急著下班，她今天沒有太多的時間跟小丁閒聊，她點點頭，當作收下了小丁的祝福，朱顏把手中的資料放下，拿起包跟小丁揮手。

小丁卻突然一把抱住了她「噯，朱顏姐，你可一定得努力爭取啊，我可是下了注，押您贏的。」

朱顏的人生的確是被下了注的，為了未來的幸福生活，她必須要贏。

然而贏的場景不是報社的總編職位，而是她的肚子裡需要有一個生命紮營進駐，贏得這場戰役，此後的十個月的時間，她將不用再對著驗孕棒的一條線嘆氣，不會因為每個月的七天例假而心情低落，備受苛責。

住家樓下。

朱顏望著住家的廚房還亮著燈，她心一緊，三步並兩步的飛奔上樓，從樓下到家門口，中藥的味道越來越濃，朱顏打開門，她用手拍了拍臉，在疲倦的神情中擠出了一絲微笑，她朝房內喊著「媽，老公，我回來了！」

婆婆聽到聲音，從廚房小跑步出來，看到朱顏後，臉色瞬間沉了下來「怎麼只有你回來？」

朱顏看向玄關處掛鑰匙的木格，張昊的鑰匙還沒有掛進來。

朱顏安慰婆婆「我從報社離開的時候給張昊打了電話，他說已經在路上了。」

「這個臭小子，一點也不上心！好像要生孩子的人是我！每個月我比你們都還緊張！你說我也真的是命苦，盼著你們生個孩子，我可以含飴弄孫，三年吶，你們結婚都三年了，我還在空想！當初你們結婚的時候，我就一百個不贊成，算命的擺了命盤，說你們不適合，這個臭小子！」

結婚三年，每個月，朱顏的身體變化都備受期待，期待她的肚子開花結果，然而每個月，她面臨的都只有一種結果——例假準時赴約。

為了這個結果，朱顏嚐盡了苦頭，從西醫看到中醫，從各項檢查到把脈觀相，從家族病史再到風水之術……那些藥丸、湯藥，朱顏從不嫌苦，不管多少，她都能仰起頭一碗乾杯來個痛快，但是讓人最不痛快的，當屬婆婆這每個月失望過後的數落，婆婆記性奇好，她記得陪朱顏拿藥把脈的每一個日子，也記得風水師傅擺陣時的格局流派。

朱顏覺得一陣頭疼，她把鑰匙掛上了玄關處的木格，走往廚房時，她駐足聽了聽門外，張昊還沒有回來。

朱顏進廚房，濃郁的中藥味撲鼻而來，今天的中藥比往常的顏色更加黑，味道的層次也更加苦澀，朱顏裝了一碗，正想捏著鼻子一飲而盡，婆婆連忙阻止她。

「我最近看了一些玄學的書，又把你們家之前的風水全都看了一遍，我突然發現，你結婚三年還不能懷孕，是這間房子有問題！」

朱顏現在居住的房子是父母留給她的遺產，房子的格局方正，採光充足，房子周圍的設施也非常完善。朱顏沒有聽明白婆婆的話，她問「這房子有什麼問題？」

「陽氣不足！你父母當時是車禍走吧？他們捨不得你，在這間房子也留下了怨念。」婆婆話鋒一轉「不過你也別擔心，這三年，我也因為你練就了一身本事，根據我從書上學的經驗，你把房子過戶給張昊，就萬事大吉了，我敢保證，你下個月一定懷孕！」

這三年，練就了一身本事的人不僅是婆婆，還有張昊的姐姐張鈺，甚至前幾天，張昊也開口提了房子過戶這件事情。

三年前結婚，張昊一家鼓吹朱顏賣掉這間房子，再用賣掉房子的錢拿去買一間新房，可是這間房子對朱顏的意義不同，她堅持不賣，最終張家妥協，婆婆也以照顧他們的名義正式入住。

結婚前，在愛情裡的朱顏，單純視張昊是她生命中的唯一，她動過要將張昊的名字加在戶籍的念頭，但那時候的張昊總是一臉寵溺地看著朱顏「傻瓜，你的不就是我的？」

結婚後，朱顏又動過一次要將房子過戶的念頭，但是隨之而來的備孕讓她沒有喘息的機會，如今見張家人同心協力的擁有共同目標，朱顏對這個目標也絲毫不排斥，她看著婆婆點著頭「等張昊什麼時候有空，我們把該準備的資料備妥了，我去把這件事情辦一下。」

婆婆一聽喜逐顏開「資料早就準備好了，為了趕緊讓你懷孕，讓這間房子有點陽氣，明天就把去手續給辦了。」

朱顏舉起那碗湯藥一乾而盡，但苦的不是嘴巴，是心。

三年前，朱顏動的念頭是甘願，那時候她感受得到張昊對自己的愛，那種呵護的疼愛是從心底不斷湧騰起來的感受，無可形容，更不知該如何描述，但是如風如光一樣，不用她回頭，她都知道張昊的愛近在身側。近半年，張昊忙碌晚歸，給予朱顏的耐心也越來越少，有幾次甚至跟朱顏起了口角進入冷戰，以往會主動道歉的張昊全身都豎起了刺，即使朱顏主動上前示好，也被張昊毫不留情的拒絕，並以冷漠的態度拒絕朱顏走向他，但朱顏對張昊責怪不起來，朱顏把更多的過錯歸咎於自己，她深知被下注的人生不好受，她被賦予期待，一旦這個期待落空，她身上的責任如同巨大的殼，沉重也痛。

而今，她想要用張家三人達成的共識，去換取張昊對自己的疼愛和重視。如果可以交換，把自己擁有的一切都給他，朱顏也願意。

張昊回來了，他身上有酒和香水混雜的味道，朱顏扶著他，還沒有開口問，張昊不耐煩地先解釋「我喝了酒，找了個代駕，代駕是個女的，身上有點香水味，有什麼問題嗎？」

有什麼問題嗎？今天是她的排卵日！她在今天被下了注！她喝了一整碗的藥湯！

朱顏滿腹的委屈，但她只是看著張昊說「我去幫你放洗澡水。」

張昊故作淒慘尖叫「可不可以不要！」

朱顏放好了洗澡水想去叫張昊，卻聽見婆婆跟張昊的對話「你不是早該回來了？怎麼這麼晚！」

張昊答非所問「我不想生孩子！不想！不想！」

「你們登記的時候，我請算命師傅擺了命盤，都說你們早晚要散，你不聽，現在又說著不想了，這三年我的湯藥豈不是白白浪費了？」

「愛一個人才想跟她生孩子，現在我對顏顏，已經，沒有……沒有感覺了！」

朱顏聽得心裡一怵，眼前一片黑色突然襲來，她搖晃著扶住門框。

婆婆聽了張昊的話也警惕起來，她掐著張昊。

張昊疼得直叫「媽！疼！疼！」

「我早覺得你不對勁了！你說，跟外面的人是不是有小半年了？對方怎麼樣啊？」

「什麼啊！」張昊裝傻。

婆婆壓低了聲音「對方身體沒問題吧？能生養孩子嗎？我是不是就不用再燉湯熬藥了？」

張昊低聲說了一句話，朱顏沒有聽清，倒是婆婆樂得開懷，但隨即婆婆又嚴肅地說道「張昊，你跟外面那個人怎麼樣？孩子的事情我們都可以慢慢談，但今天，你必須得給顏顏道個歉，陪陪她。」

「我不要！」張昊的聲音，拒絕得冷靜又乾脆「媽，我想跟顏顏分開！」

過去的愛戀與爭吵，一幕幕全都倒向了朱顏，這半年來張昊對自己的冷漠源頭，此刻，朱顏全都明白了。

婆婆哄著張昊「今晚她心情還不錯，答應把你的名字加到房子上去，我把所有的資料都準備齊了，她說明天就去辦。」

張昊立刻彈坐起來，酒醒了大半，他睜大眼睛確認「真的？」

朱顏退回浴室，把浴室的門也鎖了起來。她伸手試浴缸的水溫，水並不燙，但是朱顏的眼淚卻掉了下來。

這半年來，朱顏聽到張昊說的最多的就是「可不可以不要再讓我看醫生？朱顏，我有我自己的人生，我不要當工具！這不是我要的人生！」

這也不是朱顏要的人生。

三年來，為了好「孕」臨門，她已經數不清自己看過多少醫生，求助無門的時候，朱顏問過自己，人的一生有百樣結局，究竟哪一種才是她的？養育生命是一件值得期待的事情，但沒有這份期待，她的人生就沒有其他意義了嗎？朱顏試圖放棄這樣的期待，但等到下次排卵日到來前，她又做好了期待的準備。她愛張昊，愛之深，深到願意為他生養無數個孩子。

朱顏站在洗手台前，鏡子裡的她眼眸清亮，眼眶的淚水止也止不住的不斷湧出，她用手背抹去，下一波淚水又迅速抵達，朱顏重複著這個動作，不斷地抹著眼淚，這些淚水像是洩洪的水位，警位線不斷提升，卻還是沒有辦法讓朱顏停下來。

真正的悲傷，是無聲的，連嗚咽都是多餘，她瘦弱的肩聳起落下，淚水不停。

父母車禍的那一年，朱顏也是這樣，沒有聲音的落淚，瘦弱的肩聳起落下，淚水不停，但那時候，她的身邊還有張昊。

此刻，張昊在外面敲門，聲音柔情「親愛的，我的寶貝，我來了，你快開開門。」但朱顏的門，已經沒有辦法再為張昊而打開了。

見朱顏沒有開門，張昊又說「寶貝，我在床上等你，你趕快來，我要把我當成禮物送給你」。多麼赤裸又充滿色慾的表白，朱顏的嘴角卻漫出了一絲苦笑。張昊從來不對自己說這些情話，但這些情話，他對其他的女人說了多少回呢？

朱顏走出去的時候，張昊脫得精光，但也睡得昏沉，朱顏拉過薄被蓋在他在身上，聽見張昊呢喃「你別走，寶貝，我真的很愛你，我最愛的是你，我願意把我一切都給你。」

朱顏知道，她不是張昊醉了之後口中提到的「寶貝」，從相愛到結婚，過往那些愛的承諾和甜蜜，如同被捲裹而過的龍捲風，滿目瘡痍。而她從心中生長出的愛被現實碾壓得血肉模糊，朱顏信任的一生摯愛，原來早已經背離自己的愛情之路，走得遙遠且不可及。

天亮了，朱顏向報社請了假，張家人滿心歡喜的等著朱顏將房子過戶的手續，一家三口全都到齊了等著出發，朱顏看著張昊問「你還愛我嗎？」

張昊的笑容僵硬，他不自然地點了點頭。

婆婆和張鈺彼此意味深長的互看了一眼。

所有的人都知道答案，他們企圖隱瞞朱顏，朱顏也臨時改變了自己的計劃。張家人在意的並不是這一套房子，任何一套可以署名張昊的，都可以。朱顏婉轉的向他們表達心中的想法，她願意用現在的房子向銀行抵押貸出頭期款，買一套只寫張昊名字的房子，未來的房貸她也願意和張昊共同負擔，張家人對這個安排顯然更加滿意。

完成了銀行的抵押手續後，張家人對朱顏的存在不再重視，儘管朱顏知道自己已經在愛的路途上被丟棄多時，但是肚子不再被下注的感受比她想像得更加糟糕。

張昊用朱顏貸款房子的錢，付了新房的首付，新房的裝潢及佈置都沒有找朱顏商量，朱顏為了不該屬於自己的責任，背負上了數百萬的貸款和利息，達到目的的婆婆和張鈺開始了言語的攻擊，以往朱顏雖然也備受攻擊，但她們礙於張昊的存在還是會收斂，如今所有的事情都已經坦誠，她們哪裡還需要對「那個女人」的存在依舊避諱閃躲？

朱顏對婚姻早已心灰，她提出如果張昊來跟她談，萬事都可以商量，然而朱顏等來的不是張家人，而是「那個女人」。

第三者，小曼，身材曼妙，身上的香水味和張昊醉酒染到的味道一樣，她坐下來，嘴角的笑始終揚著「朱顏，謝謝你送給張昊的房子，不對，現在那套是我們倆的房子，未來是我們的婚房。我其實很不能理解你，你是愛到想要挽回嗎？但是男人的心一旦走遠了，就找不回了，還是你是愛到傻了，到最後還甘願把最好的給他？」

什麼消失是最可怕的？如一團灰燼，迎風消散，任憑再想抓住都是徒勞，朱顏感受到那樣的消失，那些曾經在身體中奔走的愛全都不見，只留軀殼中的空洞在嗚咽聲中迴盪。

朱顏給張昊打了通電話「我們離婚吧。」

為了讓張家人儘速搬離現在的家，還自己清靜的生活，向來對薪水不計較的朱顏找了總編李之遠，開門見山直奔主題「我要加薪，百分之五十，如果您不答應，我就辭職。」

朱顏都不知道自己哪來孤注一擲的勇氣。

李之遠跟客戶約了打高爾夫球，他身上正背著沉重的球袋，他滿頭問號的看著朱顏「你哪個組別的？叫什麼名字？要不，等我回來？」

「謝謝李總，社會組朱顏，等您回來。」

李之遠再次回到報社，已經是隔天的凌晨，美編組和印刷組燈火通明，所有的人都在確認報紙的最終定版，李之遠進辦公室剛打開電腦，轉頭看見臉色蒼白的朱顏站在門口「李總，您現在有時間嗎？」

李之遠出了名的苛刻嚴肅，一個月有二十八天住在報社，他對文字編輯並不在行，他的強項是報紙的廣告量以及對社會話題的精準掌握。但是朱顏跟他的交集不多，工作近四年的時間，他們的互動幾乎為零，可是當朱顏站在李之遠面前，他看得到朱顏眼底的銳利，她試圖用銳利遮蓋自己的傷。

看著神情蒼白的朱顏，李之遠伸了伸手「你進來，我們談談？」

「不用。」她搖著頭「結果只有兩個，答應，或是不答應。」

「你要讓我知道你現在的想法……」

朱顏搖著頭，她抽泣著說「沒有時間了！」

「我們好好聊聊，可以嗎？」

「對不起……」朱顏眼神堅定地看著李之遠「我願意接下生活和社會組的所有採訪，從策劃直到完稿都由我自己完成，城市專欄的作家還沒有確定，我在這個城市生活三十多年，我可以……」

「你是不是遇到了什麼困難？」李之遠問。

「我沒有時間了。」

李之遠看著朱顏眼睛中的光變得黯淡，那是絕望之光。

「我答應你。但是，你也要答應我，等你想說的時候，記得我在等著你，聽你說。」

李之遠居然對她妥協了。

「謝謝！」朱顏眼中的絕望之光還在。

在還沒有跟朱顏交談之前，李之遠對朱顏的認識僅限她的工作表現，這個女孩在工作上充滿熱忱，採訪的前線常看見她的眼淚，但是她在報社寫稿時異常安靜，幾乎將自己隱於萬物之間，可是身體裡依舊蘊藏了巨大的能量，這樣的一個女孩，柔軟卻堅毅，是什麼讓她慌亂到擇無旁路，只能單槍匹馬的來應對他，且要求如此激烈沒有迴旋的餘地？朱顏與李之遠的談判滿是風險，一旦達不到朱顏的要求，她沒打算給自己留有後路。

懷著這樣的好奇，李之遠走向了朱顏的辦公室。

朱顏走回座位，她給張昊打了一通電話，告訴張昊早已經知道他不愛自己的事實，朱顏哭著說「我沒有辦法給你祝福，但是也做不到如你傷害我那樣的傷害你，我能給的不多，房子的頭期款我有能力償還了，你想要的房子，我盡自己的能力給你，而我要的自由，也請你給我吧！離婚協議書我寄去你的郵箱，希望你們一週內從我家搬走，未來不要再見了。」

掛斷電話，朱顏的眼淚還在，但是這幾個月來長時間折磨自己的傷痛和焦慮突然停歇了，不再如往常那樣張牙舞爪。

李之遠聽到朱顏的抽泣聲，他沒有出聲，緩緩地退了出去。

張昊一家搬走了，房子裡可被拆走搬離的物件全都消失了，沒有被帶走的，除了父母的遺物，還有張昊和朱顏的婚紗照，曾經她在一本小說中讀到「故事的開始總是這樣，適逢其會，猝不及防；故事的結尾總是這樣，花開兩朵，天各一方。」

張昊的幸福之花開得也是適逢其會，猝不及防，只有朱顏沉進了一灘沼澤之中，難再往前。

以往總是準時下班的朱顏開始成為報社最晚離開的人，生活組併入社會組後的所有新聞都歸她管理，而她負責寫的城市報導專欄逐漸被更多的人看見，可是朱顏眼睛深處的絕望之光從來沒有滅過。

李之遠倒是時常來編輯部探班，他有時候會調侃朱顏「這間報社你入了股嗎？這麼拚命？你要超越我嗎？每個月打算在報社住超過二十九天？」

朱顏對李之遠的對話通常不接招，連加薪及領到季度獎金的事情，她也僅回覆一封郵件，寫了「謝謝」二字。

三八婦女節的前一天，報社響應婦女節，讓編輯部的所有同事完成稿子後盡早下班，朱顏不想回家，坐在電腦前寫稿，直到夜幕降臨。李之遠本來已經離開，見編輯部還有燈火，剛走進來，就見朱顏正準備吃泡麵。

「朱顏，做我們這一行的身體真的很辛苦，一直被我們透支，陪我們經歷各種風雨，忍受辛酸，對所有的委屈都概括承受，我這個月的泡麵額度已經用完了，你願意陪我吃頓飯嗎？」

李之遠雖然嚴苛，但他個性果敢也豪邁，只要瞭解他，就會發現他冷酷的外表下有一顆溫柔的心，但是朱顏卻搖頭拒絕了「我的泡麵額度還有，已經泡好了，總不能浪費了吧。」

李之遠還想說話，朱顏已經將椅子轉向別處，空留了一個椅背給他，李之遠不死心的繞到朱顏面前「我猜你一定不會下廚煮菜，最拿手的頂多是煮一碗泡麵，所以才每晚不回家。」

朱顏抿了抿嘴，原本不想反擊的她突然說「您從來都不看我的專欄吧？我寫過很多菜的做法啊！」

李之遠沒想到朱顏突然會問自己這個問題，他的反應有些倉促「我……我不看！」說完這句，李之遠自己都覺得好笑，他發現自己對朱顏的在意，她的每一篇專欄，他都用心閱讀過。

朱顏來了興趣，她拿起包和車鑰匙「讓你看看我到底會不會下廚煮菜！」

開車回去的路上，朱顏先去市場買了米，所有的調味料，預想著要煮什麼菜，卻在進入廚房的那一刻卻步了。自從張昊搬走後，朱顏再也沒有進過廚房，再次看到廚房的一什一物，朱顏觸景傷情，李之遠對於廚房倒是熟門熟路，主動清洗了灶臺，還幫忙把朱顏的廚房調味料全都換了一輪，李之遠洗了米之後問朱顏「你想煮什麼菜？」

所有的菜單在朱顏的腦海中過了一輪，而她最想煮的只有一道菜——「麻婆豆腐」。

朱顏把板豆腐切成小塊下滾水氽燙，打開另一個鍋子，用油將花椒顆粒爆香，待香氣四溢時，用濾網將花椒和油分開，將爆香後的花椒油再次加入鍋後，放入豬肉絲爆炒，加入調味料後放滿水，將燙好的板豆腐撈進鍋內，板豆腐在鍋內發出咕嚕咕嚕的聲音後，隨即將豆腐放入砂鍋中再次燜燉，朱顏又拿起一個鐵鍋自製辣醬，將製作完成的辣醬放入豆腐鍋內，淋上醬油，加入蒜薑末拌勻，勾芡後讓豆腐吸飽湯汁中的顏色，一盤香氣四溢的麻婆豆腐上桌了。

李之遠見過工作中的朱顏，但是他沒有見過掌勺的朱顏，在爐火騰起的廚房，看著人間煙火逐漸回歸到朱顏的身上，在爐火和多重味覺交錯的廚房，他看著朱顏的眼睛，覺得她的眼睛清亮也純真，在那一瞬間，他覺得自己的心為了眼前的這個女孩而跳動了。

「為什麼你會想要煮這道菜？」已經加了第二碗米飯的李之遠忍不住問。

「如果沒有愛情，我應該是這塊平凡的板豆腐吧，沒有任何滋味的路過人間，但是當我嚐到愛情的滋味，走入婚姻，覺得自己的人生就像是浸入了花椒中，帶著嗆和麻，但是人生想讓我嚐的滋味還不止是這樣，把我切成小塊，在熱水中滾燙過後，褪去了自己原本的味道，進入新的環境，淋上醬油，被放入砂鍋，歷經融入、改變、迎合……在人生的每個時間段尋求平衡。」朱顏的眼中又有淚光閃爍「也慢慢的丟了自己。」

李之遠突然握住她的手「朱顏，你很棒，你知道嗎？」

朱顏的神情一抖，眼淚掉了下來。

兩個人相視而望，竟然彼此都笑中帶淚，淚中露出了笑。

因「麻婆豆腐」，朱顏和李之遠每天有聊不完的話題，他們從工作聊到了生活，從日常提到了兒時，也從現在暢想到未來。

朱顏問過自己，對李之遠的情稱得上是「愛情」嗎？

聽到他的聲音會忍不住嘴角上揚，每天睡前習慣跟他道晚安，喜歡他每天清晨的叮嚀和早安，期盼他會出現，內心會因為聽到他的腳步聲而安定……但是朱顏不敢走近他。

李之遠再來討一碗麻婆豆腐的時候，適逢週末，朱顏明明已經備好了食材，可是卻拒絕了他，朱顏剛掛斷電話，門鈴就響了起來，朱顏以為是李之遠給自己的驚喜，她邊開門邊說「不是說了不想煮……」

但是門口站著的卻是張旲。

「你……你怎麼來了？」朱顏從沒想過會跟他再見面。

半年前，張旲和小曼結婚，愛得高調的兩個人跑去報社給朱顏送請柬，臨走前小曼不忘炫耀一番，說自己根本不想進入婚姻，但偏偏有新的家庭成員報到，她雖然帶球嫁入，但看在婚房的份上，覺得自己最該感謝的人是朱顏。

小曼的話聲聲在耳「如果不是你沒辦法生，張旲跟我也不會有這段緣，身為最佳前妻，我們怎麼能不邀請你呢？」

那場婚禮，朱顏雖然沒有去，但張昊只要出現在眼前，就是朱顏的災難，所以當此刻看著張昊，朱顏連話都不想說，直接關門。

張昊卻推開門苦苦哀求「對不起，顏顏，我混蛋，我錯了，對不起，我對不起你，我求你原諒我，好嗎？我們重新回去，我的房子就是你的房子，你的房子還是你的房子！」

朱顏問「你被甩了吧？」

張昊瞪大眼睛「你知道了？顏顏，對不起我錯了，小曼根本就沒有懷孕，她接近我純粹是為了錢！我所有的一切全都被她搜刮乾淨了，顏顏，對不起！」

朱顏的手機突然響起來，來電的是李之遠，李之遠的語氣異常冷漠「你在哪裡？你的專欄出了問題，趕快回來修改！」

「什麼問題？」朱顏完全摸不著頭緒。

「我不知道，反正就是有問題！你現在馬上回報社修改！」

「我可以線上修改啊！」

「不行！」李之遠說得斬釘截鐵。

這端張昊還在苦苦求得原諒，在他一句又一句的「對不起」中，朱顏突然明白了一個道理，她看著張昊說「沒關係。」說完，朱顏就匆忙下樓，她要去見李之遠。

她拒絕過李之遠兩次。

第一次，朱顏沮喪也痛苦，她告訴李之遠，她不是在一場雨水中淋濕那麼簡單，她自來就生長在雨水中，永遠都是濕漉漉的，她怎麼能夠期盼如陽光般的李之遠會永遠照耀自己，讓自己從此不再背負泥濘？

第二次，朱顏開車的時候停在紅燈前，那盞紅燈的設計常讓人落入陷阱，明明對向已經亮起了紅燈，但是直行的紅燈依舊會維持五秒以上，很多人看到對面亮起了紅燈就往前衝了，但直行的紅燈還沒有轉變，朱顏從未上過當，可是當她驚覺自己逐漸愛上了李之遠時，才發現，她在還是紅燈的路口踩下了油門。

她拒絕李之遠前往探索自己的心靈之路，兩次，她都僅給了李之遠「對不起」三個字。

李之遠每次都說「沒關係」。

直到此刻張昊站在面前，朱顏才發現，這句「沒關係」，是需要多少的故作漫不經心和豁達，才能在第一時間說出口的。

受了傷的人從不想別人看見自己的傷口，向來驕傲的朱顏更是如此，她寧願讓自己成為一隻獨獸，夜夜舔舐傷口期待天明，但李之遠是她的月亮和太陽，給她光輝和希望，陪她走過無數個絕望之夜。他總是默默的來，悄悄的去，為了不驚擾她，甚至不希望打擾她。

朱顏覺得自己該從自憐的悲痛中走出來了。

她奔跑下樓，看到一臉著急的李之遠來回踱步，朱顏的眼淚又忍不住掉下來，她問「想不想吃麻婆豆腐？」

「你不是不想煮？」

「我突然發現，如果一塊板豆腐遇見了靈魂的醬料，燉煮之後成為自己的特色，也是一件很酷的事情。」

李之遠笑了笑，眼睛裡滿是亮光。

「不過，你說稿子有問題？有什麼問題？」

「下一篇的城市報導，可不可以寫——」

「寫什麼？」

「寫——『以愛之名，你願意嫁給他嗎？』」

「我想，她願意。」

♥愛情讓人願意變成麻婆豆腐

食材：豆腐1塊、豬肉切成肉絲少許、蔥1根、薑末1匙、蒜末3顆、花椒粒1小碟、糯米粉1小碗。

麻婆辣醬：香油、花椒粉、辣椒3顆、少許豆瓣。

做法：起滾水鍋，在熱水中加入少許鹽，將豆腐切成小塊狀後，下滾水鍋汆燙；起鍋熱適量油，先將花椒粒下鍋爆香，再用過濾網將花椒顆料與油分開，留下爆香後的花椒油備用；將豬肉絲加入醬油、水、花椒粉及地瓜粉醃拌均勻；同爆花椒油鍋中，放入肉絲炒至焦香後，加入製作完成的麻婆辣醬，將所有食材放進砂鍋；在砂鍋中加入蒜末、薑末拌均勻，勾芡裝盤即可享用。

忘記吧，這世界所有的憂傷

深秋，晚風像熱戀中的男孩一樣，猛烈地直撲在人的身上，風捲起她白皙長頸間的絲巾，起初，她還有耐心地將絲巾從風中扯回來，但這晚風，熱情執著地一而再地挑逗她，工作帶來的沮喪感重重襲來，疲憊與無力裹挾在這股風中，竟激烈地蓋過了這陣晚風，長長的絲巾被風捲走了，她的頸被夜色打成一道陰影，整個人更顯薄弱，彷彿再一陣風就把她跟絲巾一起給吹動著往前，她沒有彎身去撿那條絲巾，任由宛如熱戀中的風攜帶著它私奔。

窄版瘦小的西裝外套裡，塞著瘦如風骨的她，她踩著高跟鞋步入更深的夜色中，她疾步走往車站，卻還是錯過了末班車，看著熙熙攘攘宛如花燈的車潮，她退回到暗夜中，在路邊的花圃處點了煙坐下，香煙的紅火在黑暗中忽明忽暗，上司苛責的畫面又浮現眼前——那個剪著俐落短髮的幹練女強人，將整份文案像仙女散花一樣撒出去，用輕蔑的語氣對著她咆哮：「這是你花了三週加班做出來的文案？你花了那麼多的時間卻製造了這麼蠢的垃圾？」

對，撒出去像雪花一樣飄散的文件很美，那是她做了三週的文案，可是女強人的視線停留沒有超過三秒，雖然之前她的文案被女強人以不同的方式蹂躪過：直接丟進碎紙機、揉成一團、或是被女強人當眾撕成紙條還夾雜著「你腦子裡裝的到底是什麼？告訴你，你的腦子裡沒有創意！你怎麼這麼蠢！」她對這些近乎「羞辱」的否定一一承接，可是此時，她突然覺得人生悲哀，過去三週不見天日，如同喪屍一樣的日子換來了「這是你花了三週加班做出來的文案？你花了那麼多的時間，卻製造了這麼蠢的垃圾？」

她多想抵抗，可是命運的膝蓋容不得她在此刻站立，她彎腰撿起地上的文案，還不等她開口請女強人再看三秒，女強人已經從她手中拿走文件。

女強人捏了文案：「抱歉，這些不算是垃圾，它們在廢物回收站裡還能夠展現自己的價值。」說完，女強人猩紅的唇帶著挑釁：「你？你沒有這堆垃圾有價值！」見她沉默，女強人繼續說：「你現在一定覺得自己辛苦工作的成果一定會有所回報，但是這堆垃圾，誰能夠認同？」女強人用力一揮，手中的那疊紙又像雪花一樣飄散出去。

此刻，她不覺得這個場景美了，對那雙揮出去的手也產生了厭惡，心中無數匹的草泥馬在狂野奔騰，女強人抿了抿她猩紅的唇又說：「我知道你不高興！我告訴你，如果廠商能認同這個文案，我把頭割下來給你當凳子！」

女強人甩著頭，踩著七寸高跟鞋步出會議室，同事們不敢在此時給予她任何言語上的安慰，他們紛紛投以「你好可憐，我與你同在，加油。」的同情，她如鯁在喉，內心酸楚，卻沒有掉出一滴眼淚。

煙頭的紅光像是女強人那雙猩紅的唇，她大口吸著煙，冷不防地將一陣強風也灌進了喉嚨，冷風與煙像利刃扎進了她的肺，她咳得驚天動地，肺都要從她的身體裡蹦出來了，身體的五臟六腑一起作亂，像是不給糖就搗蛋的萬聖節孩子們，用力蹦著地板舉起拳頭砸向門的霸道和野蠻，她的額頭沁出了冷汗，眼前起了霧的模糊，撐著身體最後一點力氣，她搖晃走入人行道，路上如花燈的車潮浮現在眼前，她重重地摔向了地面。

再度醒來的時候，她躺在醫院急診室的床上，手上掛著點滴，見她醒來，護士走過來詢問她基本資料，她虛弱地答完，護士心疼地看著她問：「你有沒有朋友家人？給他們打個電話吧，讓他們過來陪陪你？」

她反倒安慰護士：「我沒事，就是有點貧血，之前去診所抽血檢驗過，醫生還給我開了補血的藥，我最近太忙了，藥吃完了一直忘記去拿。」

然而當戴著口罩的急診醫師為她看診時，卻列出了一長項的檢查項目，這些檢查直到隔天的下午才全部完成。身處醫院，她才感受到，昨天被女強人侮辱的字眼與身體健康相比，那些兀自衍生的悲楚，渺小得不值得一提，她一掃昨日的沮喪，用激昂的語氣跟並不熟悉的醫生打著哈哈：「怎麼樣？我只是簡單的貧血吧？是不是？我沒事吧！」

所有的疑問，都藏在肯定句中，天知道她早已經被各種陌生名詞的檢查嚇得雙手冒汗，醫生卻不對她笑，神情嚴肅地咳了一下問：「你還有沒有什麼家人？」

「呃……」她腦海裡閃過那些悲苦的電影劇情裡，被醫生宣判死刑的病人一定需要有家人或監護人才能被告知病情，她手中的汗意更濃了，但嘴角的笑意卻來不及收回，她依舊咧著嘴說道：「沒有，我孤家寡人，爸媽很早前就走了。」說完，她嘴角的笑意已全部攏回，她平靜地說：「我的身體有什麼狀況，您直接跟我說吧。」

醫生說：「你之前的貧血狀況，並非真的是貧血，而是你胃部受傷大量出血所致，因為一直疏於治療，加上初期的症狀不明顯，很多病人都誤以為是貧血導致身體出現的消瘦、噁心、疲乏……」

「我是？」

「胃癌」。醫生指著CT掃描的成像為她解釋：「這些都是癌變的症狀，目前癌變已經轉移到你的肺部及肝臟……」醫生頓了頓又說：「你年輕，抵抗力好，勇敢一點……」

她眼前一陣暈眩，耳朵像是有自動屏蔽所有聲音的功能，醫生的叮嚀與囑咐她全然聽不見，眼前的霧更濃了，她如鯁在喉，內心酸楚，這一次，她的眼淚掉了下來。

父母在她大一的時候車禍離開，為了守住父母的家，她沒有賣掉房子，她半工半讀支撐自己的生活，最忙的時候身兼四職，每天睡眠的時間不足三小時，常常餓得前胸貼後背，多以麵包充飢，泡麵果腹，如此努力，卻還是在大三時因繳不出學費而被迫休學，那薄如紙的文憑牽扯著她如風的命運，好不容易獲得面試的機會，卻在首輪就因為學歷問題被刷了下去。終於獲得工作的機會，她的文案文筆也時常與學歷劃上等號，她的文案在女強人那裡永遠都是一堆垃圾，為了不生氣，為了爭口氣，她報名參加夜校，在學習與工作之間忙碌，餓到兩眼發昏時，她才想起來為自己的胃填下幾塊餅乾，給疲憊一天的自己一點點喘息的機會。

而她用力守住的父母的家，其實是守住她的這個世界上僅存的魂，她覺得只有自己堅守住，當有一天與父母重逢時，她才能夠有底氣地告訴爸媽，自己多麼勇敢與堅強。醫生宣佈她生病的此刻，她想要撒手放棄，想要與這個世界來一場真切的告別，可是，面對父母時，她該哭著說：「對不起，我都沒把自己照顧好。」還是笑著說：「嘿，老爹老娘，我們終於又見面啦。」

她想笑著，笑著去跟老爹老娘見面，笑著告訴他們，她如何在沒有他們的世界中堅強過活，一如她此刻。

此刻，她躺在病床上，她已經進入第二階段的化療尾聲，化療讓她原來虛弱的身體更加消瘦，病床上的她，薄的如一張紙，連呼吸和呻吟都是輕的，讓人幾乎察覺不到她的存在，她的唇乾燥，上面滿是白色的屑屑，那個曾在急診室安慰過她的護士，拎著保溫壺走過來，護士心疼地用棉花棒沾水幫她潤著唇，鼓勵她說：「你真的很勇敢呢，我們很快就要走過第二階段了，加油，你很棒的，還有啊，我今天又帶了你最喜歡的瘦肉蛋湯。」

護士把湯從壺裡倒出來：「你知道吧？我燉這個湯的時候，一邊燉湯一邊給湯講故事，而且講的全都是勵志的正能量故事，武俠故事裡那些『吸日月之精華』沒什麼了不起的，你的可是吸了正能量的湯呀！」

從她住院的第一天起，醫院的醫生和護士們就結成了聯盟，每人每天負責燉同一例的湯給她喝。

從大一至今，從父母離開至今，她初嘗被人體貼照顧的溫度，她感受著這些人給予她不遺餘力的關愛與照顧，一如這例湯，被煨在文火上燉了長達四個小時，在給予她關愛的這條道路上，沒有人厭煩，亦沒有人中途退場。

最近她胃口不佳，但是面前的這碗湯，她竟連喝了好幾口，聽了勵志故事的湯果然不同凡響，她對護士的笑話也捧場地笑出了聲，她眼神中放出異彩的光：「哇，聽了勵志故事的湯真的不一樣，謝謝你！」

那天，她向前來照顧自己的醫生和護士不斷不斷地表達謝意，但所有的人都背對著她偷偷地抹了眼淚，他們都知道，這是她最後一次喝瘦肉蛋湯了，幾天前的ＣＴ掃描結果出來了，她的癌細胞開始擴散至淋巴，而她眼神中獨特的光，是她與這個世界告別的最後信號。

她的身體躺在病床上，如一片輕盈的羽毛，初春的陽光照在她的臉龐，她的世界原本一片黑暗，卻因為這些陌生的人給予的溫暖，讓她在承受生命苦痛時，依舊可以從容不孤單，而此刻，她知道自己該與這些友愛的人們告別了，如果有上帝，她要親口告訴上帝，把自己未來所有的福份，都送給這些在世的人，謝謝他們的好，修復了她對這個世界所有壞的印象。

她眼前有一道光，她知道，她該與這個世界告別了。她閉上眼睛，走得安詳。

她的手機顯示一則訊息，訊息裡寫著：「毛毛，你在哪裡呀？不要再躲起來了，你的文案被廠商用了，快回來，女魔王的頭要剁下來給你當凳子。」

醫生把手覆蓋住她的眼睛，一床白布蓋住了她，醫生說：「親愛的毛毛，遇見了爸爸媽媽，不要哭啊，記得跟他們問好，記得給他們擁抱，這個世界亂糟糟的，把我們的壞和好，都忘了，啊！」

♥溫情勵志／猴頭菇瘦肉蛋湯

用料：勵志故事若干、猴頭菇100克、豬瘦肉50克、雞蛋1個、靈芝15克、鹽、油、蔥各少許。

製法：先將猴頭菇浸水泡發後洗淨切片，瘦肉洗淨切片、靈芝片一同放入鍋中，加水適量，慢火細燉時，不斷以愉悅的心情給湯講故事，待勵志湯熬成，放入雞蛋及調料，即可食用。

功效：此湯有健脾胃、抗癌防癌。是胃癌患者的良好食療方。

勇敢說再見

劉小念很宅，宅到連跟男友共同養的名叫胖丁的貓都看不下去，每次她下班回家想要抱住胖丁撒嬌時，胖丁都會有預感的提前躲起來，小念每天在不大的房間上演翻箱倒櫃的戲碼，她討好地彎著身體，將頭貼在地板上叫著：「胖丁，我可愛美麗的王后，喵~您的奴隸回來了，請問您今天想吃些什麼呀？」同樣的語氣，同樣的問候方式，劉小念也一並給了男友張明，她每天上班前先問男友晚上想吃的菜色，利用午休時間在買菜網下訂單，隨後就是掐著秒針準時打卡下班，等到張明回家，不管多晚，他早上點的飯菜永遠都是熱的，劉小念為他脫下西裝外套，換上拖鞋，將碗筷擺好，只差沒有親自給張明餵食，同居的日子已經兩年，他們生活的模式如同夫妻，劉小念覺得也該給自己和張明一個新的身份，她拿著新上市的婚戒廣告遞給張明，張明那時候正喝著魚湯，劉小念結婚的話還沒有說出口，張明突然放下湯說：「你怎麼回事呀，笨死了，這湯都教你多少回了，還是學不會！魚煎得火候不夠，鹽太多，鹹，薑絲給的不足，沒有吊出魚湯的鮮甜，還有，魚湯裡不是該有花椒嗎，你怎麼老是記不住！」說完，張明氣呼呼地站起來往房間走去。

劉小念舀起熬得雪白，薑絲足夠且花椒浮起的魚湯嚐了嚐：「不鹹呀，我覺得比上次煮的好喝呢，阿明……」

張明已經重重地摔上了門。

隨後的幾天，張明跟劉小念陷入了冷戰，他搬去了書房，加班的時間越拖越晚，煮好的飯菜熱了又熱，最終被倒進了垃圾桶，張明神隱，連胖丁也消失無蹤，小念給牠新換的貓砂始終清潔，為牠備了最愛的口糧也是分毫未減，劉小念給閨蜜打電話，閨蜜在電話裡罵她：「你是真笨假笨呀？張明擺明了不愛你！你還自作多情！這種人，你遲早分一分！長痛不如短痛。」

劉小念哭著說：「如果他再不回來，我也搞失蹤！我要讓他後悔一輩子！你要收留我啊！」

閨蜜說「小念，我們之間有什麼收留不收留的，你隨時可以來。」

劉小念已經站在閨蜜家門口，她內心感動得一塌糊塗，男人哪有閨蜜靠譜呢！她委屈又感動，哭得梨花帶雨地按響了閨蜜家的門鈴：「那我可真來了啊！我真的很難過，你說人心怎麼能說變就變了！」

「人心是什麼，你看都看不到的，乖……」閨蜜家的門打開了，她站在門口歪著頭夾著手機繼續安慰劉小念：「我可能有快遞，你稍等啊……」

閨蜜與眼前哭得雙眼紅腫的劉小念四目相望，閨蜜沒有在第一時間上前擁抱安慰，竟反常地想迅速關上房門，但一切都來不及了，穿著浴袍的張明出現，他從背後環抱住閨蜜輕咬她的耳朵，空氣凝結，三人相對，全景中最淡定的莫屬胖丁，牠踩著如王后般的驕傲步伐，從多情又愚蠢的人類身邊走過，一秒的猶豫都不曾有，一聲憐憫的「喵」聲都沒有給，劉小念的心宛如被疾馳的列車快速碾過，觸目驚心的血肉模糊。

電影電視劇言情小說，隨手一翻都能找出閨蜜勾引男朋友的戲碼，劉小念卻從來沒有防備過，但當她獨處時冷靜回想，其實能夠嗅出蛛絲馬跡，像是閨蜜常來她家蹭飯，手機不僅可以連上家裡的ＷＩＦＩ，某次家裡網絡故障，她的手機竟自動連上了男朋友的手機網絡；每次閨蜜來訪，以往總在廚房幫忙的張明會藉故在客廳工作，每次開飯時，他們兩個總是不斷討論最近剛上映的電影劇情，而那些電影，張明從來沒有陪劉小念看過；閨蜜ＭＣ突然來訪而家中正缺衛生棉，從來不體貼的張明竟會因為打折團購而「剛好」買了大量的衛生棉，而閨蜜是那個衛生棉品牌的擁簇者；又例如胖丁某陣子常常離家出走，或許是因為牠對人類複雜的情感覺得生厭，又或許，牠可憐劉小念一直在感情中受騙，以自己離家出走的方式讓劉小念跟著模仿，但是那個笨笨的、腦袋一根筋的劉小念，哪裡想得了那麼多？

劉小念心中搭建的幸福已經成型，但在此刻，那些她一步步辛苦經營佈置的幸福如同多米諾骨牌傾刻倒下，場景迅速且氣勢磅礡，劉小念的怨恨與怒意，也來得那樣的洶湧磅礴，她衝上前給閨蜜一個巴掌，原本還在發愣的張明一個箭步衝上前，絲毫沒有猶豫地甩手同樣給了劉小念一個巴掌。

劉小念怔在原地，完全弄不清楚狀況的她問：「為什麼？」

這句話一出，劉小念已然知道結果了，她失去所有盤責的機會，她把自己放在最卑微軟弱的愛情之中，不愛就已經不愛，何來還有為什麼？

閨蜜卻對這一幕的相見早有準備，她淡定地整理被劉小念揮亂的頭髮，語氣犀利見血：「你或許應該問，你憑什麼？你一沒美貌二沒身材，憑什麼事業有成的張明就必須是你的？你以為愛情是買東西？先得先贏？況且你根本還沒有付帳買單呢！」

什麼時候劈腿可以如此理直氣壯？劉小念不死心地看著張明，這個給自己揮了一巴掌的人，劉小念心中有無數個為什麼，但是她只是皺著眉，一臉哀愁地看著張明。

張明同樣皺著眉，但語氣裡滿是責怨：「小念，你到底在做什麼！現在我是你的誰？你這是上演哪一齣戲？你覺得這樣我就應該覺得愧疚跟你去領證結婚？拜託！我從來不想跟一個宅在家裡每天只知道煮飯毫無情趣的女人結婚！」

「我每天準備飯菜，在你眼裡只是宅在家毫無情趣……」

張明打斷她：「夠了，夠了，夠了！我從來沒有讓你做這些，你心甘情願，千萬別怪誰。我們男未婚女未嫁，感情一言不合狀態未明，分分合合都有可能，你真的不必認真！」

你憑什麼？你一沒美貌二沒身材，夠了，不必認真，沒有人讓你犧牲自己還要在感情中裝扮弱者。這些對話讓人覺得沮喪又毀三觀，但劉小念卻無力反駁，在情感中，她是慘遭背叛的受害者，但是，在搶奪愛情還能表現得如此盛氣凌人的兩個人面前，她展現出的軟弱，只會讓她一味付出的愛情被卑微地踩得更低。

劉小念不再說話，她駝著背，默默轉身離開。

劉小念躲回家裡，任由身體發抖哭得歇斯底里，她耳邊不斷回響閨蜜的話：「你是真笨假笨呀？張明擺明了不愛你！你還自作多情！這種人，你遲早分一分！長痛不如短痛。」

是啊，人心包裹在虛假的皮囊裡，看都看不到的，身懷虛假皮囊的人隱身其中，不會覺得屈辱或疼痛，但撕扯那副皮囊的人，卻需要耗盡體力去掰開它，還得具備面對醜陋時痛徹心扉的勇氣。

劉小念膽小，她曾經以為自己永遠都不會是電視電影中那個惹人可憐的女主角，悲苦被背叛的角色永遠不可能是自己，在愛情裡如此篤定的劉小念啊，覺得愛情就是讓身邊的人不斷感受到被照顧的暖意，於是她用力付出與給予，用自己的光亮去照耀她認為值得的一切，卻被身邊摯愛的兩個人傷得體無完膚，傷得這麼重，她還怎麼再去走進人群，每天樂呵呵地研究食譜期待自己成為張太太？怎麼能夠告訴自己人間自有真情在？怎麼給自己畫一個天下美好愛情甜蜜的假象？

沒有犯錯的劉小念卻不敢走出去，她把自己藏起來，待在家裡足不出戶，整整七天，不吃不喝，警察破門而入的時候，她虛弱地躺在床上，兩眼空洞地看著天花板，呼吸比正常人慢了近十拍，警察用手探她的鼻息，他語氣緊張地拿著對講機呼叫：「這裡是幸福莊園社區4號樓501室，被救人疑似失去呼吸，請趕快讓救護車前來支援，重複，重複，這裡是……」

神出鬼沒的胖丁一腳跳到劉小念的胸前，牠依舊高傲地踩著王后般的步伐，瞪著牠那雙亮黃色的眼球看著劉小念，小念的胸腔被踩得發痛，連日來憋在心中的那口鬱結之氣被咳了出來，警察一臉驚恐地看著小念，但隨即又露出了笑意，他拿起對講機說：「阿彌陀佛，她醒來了，她沒事沒事，阿彌陀佛！阿彌陀佛！」

劉小念被強迫住院觀察一週，那個警察每天下班換崗後都來看劉小念，每次看到劉小念，他都會一直說個不停：「年紀輕輕的，長得還這麼好看，怎麼會想到要自殺呢？壞男生愛上別人，是你的福氣，讓他去禍害別人，多好呀！阿彌陀佛，阿彌陀佛，活著真好！」

每天除了這些話題，就是帶著玄幻色彩的貓的報恩：「你知道嗎？你家那隻貓啊，門上被牠抓出了一道道的血痕，見你還不開門，牠就每天往你的門口堆死老鼠，見你還不開門，牠又把那些死老鼠移去了鄰居家的門口，鄰居這才重視，打電話報的警，你家那隻貓！」警察豎起大拇指：「有靈性呀，知道你有難，怎麼著也得把給你救出來，是你的恩人啊！」說完，這個年輕的警察又感嘆地說：「你可以活著真好，阿彌陀佛！」

從認識張明，劉小念把自己所有的時間全都規劃給了張明，七百多天的日夜，只有她沒有產生厭煩，那是因為她心中一直滿揣著愛吧。如今，就算被最親近的人傷害，就算她從來也沒有想過以自殺來逃離所有事件，但她近乎以自殺的方式毀滅自己，所幸，還有胖丁，還有這個年紀輕輕卻一口阿彌陀佛感嘆佛祖的警察。

出院後，劉小念沒有一哭二鬧，她把自己和張明的物品分別打包，這間住房她退了租，搬家公司下午就會來運走她的物品，她給張明留言，告訴他鑰匙放在門口左手邊的第三個花盆下。

因為要搬家，她把冰箱的食材全都清空了，在這個家的最後一餐，劉小念煮了魚湯，魚湯被熬得雪白，薑絲和花椒吊出了魚湯的鮮，口味與上回煮給張明的一模一樣，可是張明為何突然動怒逃避？劉小念瞥見了那張被揉著發皺的婚戒廣告紙，心中的困惑突然得以解答，一字輕聲的「喔」化盡了劉小念心頭的怨恨和傷，她突然領會了那個年輕警察的話：「壞男生愛上別人，是你的福氣，慶幸你還活著，阿彌陀佛，阿彌陀佛。」

搬家公司的人上樓，動作麻利地將劉小念的物品搬上了車，胖丁一改往日如王后般的驕傲神情，緊貼在小念的身旁轉圈撒嬌，彷彿在催她該前往人生下一站，劉小念把魚湯放進保溫鍋裡，她寫了一張留言字條壓在保溫鍋下方，她抱著胖丁，步伐輕盈地關上門，上了車。

胖丁朝著劉小念「喵」地叫了一聲，劉小念緊緊抱住牠——「人世間，誰都能夠拋棄誰，但是感謝你，此刻願意與我相依為命。」

幸福莊園社區4號樓501室門口，張明按門鈴，沒有人應門，他從左手邊的第三個花盆下取了鑰匙，打開房門，房門與窗形成對流，風吹走了房間屬於劉小念的氣味，也帶走了這個房間昔日裡所有幸福歡快的畫面，他的行李被妥當整齊地打包放置著，餐桌上，劉小念攢了三個月工資買的陶瓷鍋沒有被帶走，張明伸手一碰，鍋還是燙的，他打開蓋子，魚湯的濃郁香氣勾起了他的食慾。

張明在餐桌前坐下，他喝著魚湯，劉小念宅在家裡的那些畫面浮在眼前，以前他習慣甚至厭煩的每一幕，現在回來起來都是溫暖有愛的——劉小念匆忙下班在廚房研究食譜，她一次次的倒掉菜色，只為滿足對味蕾極度挑剔的他；劉小念煮的所有菜色中，這道魚湯是張明手把手教的，從選魚的步驟，煎魚的手法以及香料的拿捏，全都遵循張明的喜好。因為愛他，劉小念不止一次練習魚湯的製作流程，她嚴格遵守張明給予的魚湯食譜，每個步驟從來都不馬虎，一如劉小念對他的愛，從來都是盡情給予，從不馬虎。

一直以來，張明覺得劉小念的存在是必然，久而久之就覺得這樣的存在是理所當然，但是她的閨蜜火烈激情，像一杯烈酒，每次都能讓張明臉紅心跳欲罷不能，他嚮往那樣的刺激與快感，把劉小念這樣的存在從理所當然降為了可有可無，面對劉小念這個白紙一樣的女孩，那張婚戒廣告紙的暗示明瞭不過，但是張明心虛，只能搶先一步惱羞成怒地指責劉小念，然後迅速逃離她的世界，張明以為，劉小念這樣的女孩，給自己的愛是束縛，就像魚湯裡繞在舌尖久久未能散去的花椒一樣，以麻辣侵略並佔領在他的世界，然而此刻，當他面對空蕩蕩的房間，連自己心愛的貓咪胖丁也隨之消失，當他捧著這碗魚湯仰頭一飲而盡時，他才發現，花椒在魚湯裡其實扮演著重要的角色，它去除了魚湯的腥，又有層次地逐步將魚湯的鮮甜展露無疑，就像是劉小念，有她的妥貼照料，他才能夠心無旁騖地在事業中打拚獲得成就，而他把劉小念苦心經營的幸福溫度當成了理所應當，他原本身處幸福圈中，而今，這一切都退回原點。而這個原點，是充滿不堪的零點。

喝完了魚湯，張明注意到保溫鍋下壓著一張留言紙條，劉小念娟秀的字寫著——

那天，你從她的家裡走出來，擁抱著親吻她的耳朵，你或許早已經忘了，距離上一次你這樣擁抱我，已經隔了快一年的時間。你說我們不再像熱戀中的情侶，但是誰把熱情的火偷偷搬去其他的地方點燃的呢？不是我。

你把熱情給了她，卻在她質問我憑什麼可以擁有愛情的時候保持了緘默，你在我問你為什麼劈腿愛上別人的時候反問我「現在我是你的誰？」

你說「感情分分合合，你真的不必認真。」但對這段感情，我是認真的，每一秒，都傾盡全力，不會的，我學習，不夠好的，我努力成長改變，然而，你說這些從來都不是你想要的。

在一段委曲求全的愛情中用力證明自己的存在，最終只會迷失並失去自己，因為不管我花盡多少力氣，結果都是徒勞的，但是，張明，我仍為過去的徒勞謝謝你，謝謝你讓我看到自己內心還存在對這個世界以及愛情的期盼和等待。

我徵求了胖丁王后的意見，顯然，她願意跟著我，以後，不要再見了。再見。

♥失去才知珍惜／鮮魚湯

用料：魚：1條、油：適量、薑絲：適量、薑片：適量、鮮花椒：5克、香葉：2片、胡椒粉：1／4茶匙、食鹽：1茶匙、蔥：20克、八角：1顆、料理酒：1茶匙、茴香：5克、白糖：1／2茶匙、香菜：適量。

製法：魚清洗乾淨，去掉腹部的血及內側的黑膜，洗淨的魚用廚房紙吸乾水分，用文火細煎出淡淡的焦黃色，煮出來的湯頭才會呈現如同牛奶般濃郁。油下鍋，生薑、料理酒爆香可去腥，水開後將煎好的魚放入鍋中，放入新鮮的花椒可使魚湯更加鮮甜，魚湯變白時可加入幾滴香醋，煮湯時先加入少量的鹽，待出鍋時再加入鹽和雞精調味，最後再撒上香菜、蔥花及薑絲。

人間喜樂

小野失戀了。

她跟初戀男友約好了一起考上大學，如今不過才大一，男友就跟學姐好了，初戀的滋味像是蜂蜜和檸檬的組合，戀愛的時候像蜂蜜，甜蜜濃稠得讓人發膩，而失戀就像是檸檬，酸澀的讓人心和胃都揪起來，表情和內心全都糾結擰巴，偏還不願意承認自己在青春路上跌的這一跤，縱使鼻青臉腫還是強顏歡笑的向全世界宣告──我很好！沒有他，我的青春照樣無敵！

但，現實是，小野已經蹺了三天的課，她躲在被窩裡不願意再看這個滿是謊言的世界，青春無敵又怎樣，她還不是無病呻吟地跟風上演了失戀痛哭的戲碼？室友買給她的麵包已經變硬，床邊的白開水浮了一層白色的泡沫，散發著濃重的酸味，小野的枕頭邊是包滿了眼淚和鼻涕的衛生紙，她還不時地翻看手機，期盼能收到男友發來道歉求和的短信。

有人在敲門，現在正逢上課時間，到底會是誰？難道是劈腿犯良心發現決定要向她道歉重修舊好？小野理順頭髮，特別對著鏡子塗了口紅跑去開門，卻見門口站著母親，她剛才高昂的情緒如同洩了氣的氣球，整個人乾癟癟地駝著背，她無精打采卻又滿滿的抵觸情緒：「你怎麼來了！」

「你室友給我打了電話，說你不舒服……」

小野原本想說「你來了我更不舒服！」，但沮喪已經讓她不想開口說話，她回到床上，用被子蒙住了頭，身體直挺挺地躺著，沒有半點青春的生氣。

母親小心翼翼地關上宿舍的門，她放下手中的包，伸手過來探小野的額頭：「沒有發燒，你還有哪裡不舒服？是不是感冒了？看醫生了沒有？」

沒有盼來男友，小野的語氣裡有情緒，她冷冷地撥掉母親的手：「我沒事！你可不可以不要一直管我！」

從讀書時期，小野就想要離開家鄉，彷彿只有離開，她才能夠撕掉「窮酸」和「沒有爸爸」的標籤。

「你室友給我打了電話，我一聽你不舒服，我擔心呀，怕你不會照顧自己，怕你……」母親的聲音哽咽：「你還沒吃飯吧，沒事啊，我給你帶了吃的！」說完母親轉身去打開隨身的包。

從家裡到學校，光是轉車再搭火車，至少也得六個小時，母親大字不識幾個，從不願意出遠門，當初她考上大學，母親雖然覺得了大學太遠，以小野的分數可以選擇離家最近的學校，但為了支持女兒，她沒有二話，把攢了多年的硬幣及零碎的鈔票全都存進銀行，在小野臨行前遞給她一張銀行卡，母親告訴小野，她會準時往卡裡打錢，讓小野獨自在外要捨得吃穿，以母親的話「萬事都好商量，千萬別讓自己受了委屈。」小野終於離開家了，她像撒了野的孩子，在愛情和新世界裡盡情闖蕩，雖然此刻有熱淚湧上來，但為了證明自己是對的，小野倔強地別過頭，把眼眶裡的那抹淚硬生生的用倔強撐掉了，她沒有掉下眼淚。

母親的背佝僂著，動作緩慢地從包裡拿出用小棉被包裹了一層又一層的陶罐，母親的語氣欣喜：「這罐子真是好用，這麼遠的腳程，還是溫的呢，雞湯煨得正好。」她又從包裡拿出碗和湯匙，裝滿了一碗端到床邊：「你看你都瘦了，是不是卡裡的錢不夠呀？我今年再多養幾隻小雞仔，多給它們餵食，讓它們拚命下蛋給你存錢。」

小野捏著鼻子問：「這什麼呀，味道這麼難聞！」

「這孩子！」母親拍了拍她：「這是香菇雞湯，菇都是我自己去山裡尋的，全都是野山的蕈，多少城裡人去村裡收，價格放得老高，但是我給你留著，這東西寶貝，比錢金貴啊，這是老天爺給的禮物啊，還有這雞，每天滿山遍谷的跑，從來不吃飼料，聰明的雞，熬出來的湯都香。」

散發著濃濃香菇味道的雞湯上漂著一層厚重的油，小野把雞湯推開：「我不想喝！」

「乖，這湯補氣，對身體好，你看你瘦的，身體這麼虛……」

母親說這些話的同時，小野的手機響了，這是小野專門為男朋友設定的信息鈴聲，小野快速地打開短信，是男友發來的道歉短信，長長的短信裡寫滿了他對小野的愧疚及想念，小野不爭氣地掉下眼淚，她撇著嘴輕聲地罵了句：「混蛋！」

「怎麼了？」母親問。

「媽，我得出去一下，我欠教授的筆記好幾個星期沒有交了，再不交他就不給我學分了，到時候我畢不了業！」

母親比她還焦慮：「那……這教授對你凶嗎？要不要媽媽去找他說說，讓他別給你這麼大的壓力。」

「沒事的！」小野邊說邊火速地換了衣服，出門前又對著鏡子塗了塗口紅，母親端著那碗雞湯：「乖啊，把這碗湯喝了再去。」

為了快點見到男友，小野想也沒有想，接過那碗湯咕嚕咕嚕的一乾而盡，母親看著她喝完湯，一臉欣慰地說：「待會兒教授如果批評你，你也不要頂嘴，有人願意教我們知識，是我們的福氣。」

「知道了知道了！」小野忙不迭地拿上包跑出了宿舍。

青春無敵的小野，在跑向男友的路上，還特別在校旁的書報亭裡買了口香糖，以祛除嘴巴裡香菇和雞湯的濃重氣味。

約定地點，男友準備了玫瑰花，單膝下跪請求小野的原諒，小野想都沒想，衝上前擁吻男友。

青春的途徑裡，不懂什麼才叫真正的無敵，但此刻，抱住眼前的這個男人，就是小野的全部，她甘願讓自己低入塵埃，只要能讓這個男人抱住自己。

那一夜，小野沒有回宿舍，在男友臨時租借的房子裡，在偪促擁擠的單人床上，她把第一次給了男友，疼痛卻又夢幻，唯有那一波又一波的疼痛，把她從虛幻中推回真實，反反覆覆，男友抵達至她的身體，她發出了撕心裂肺的叫聲，她疲倦地抱住男友赤裸的身體，在偪促擁擠的單人床上，沉沉的睡著了。

小野回去宿舍，是次日的傍晚，她塗著鮮艷的口紅哼著愛情的歌推開宿舍的門，室友提醒她：「小野，你媽回去了，給你留下一鍋的雞湯……」

在愛情裡昏了頭的小野，竟忘記了母親來過，她不自然地撥著頭髮問：「什……什麼時候走的？」

「剛走，她等了你一宿，你昨天說要上哪個教授的課？我們怎麼不知道？哪個教授找的你？」

小野顧左右而言他：「我媽走的時候有沒有留什麼話？」

「讓你照顧好自己，她擔心你為了讓她睡床故意在外面睡的，一整晚擔心得不得了，可惜打你的手機又關機。」室友犀利地看著小野：「我知道真相，王剛同學求你原諒要跟你復合，你一時心動就以身相許了吧？」

小野心裡一慌：「你該不會把這些話都告訴我媽了吧？」

「阿姨大老遠來，孤零零地等著你，大半夜了都不好意思睡你的床，生怕把你的床單給弄髒了，我才沒有那麼殘忍，看破不說破，我才不傷阿姨的心呢，對了，她今早走的時候還幫你把床單洗了，聽說你昨天哭鼻子的時候把鼻涕都抹上面了，小野，如果我有這麼好的媽，我才不管什麼王剛，那混蛋有什麼好，可以好到我丟下媽媽去跟他滾床單？」

為了掩飾內心的羞愧，小野埋著頭說：「你要不要喝雞湯？香菇雞湯，菇是我媽自己進山尋的，寶貝著呢，大山送給勤勞人民的禮物，還有這雞，聰明得很，吃著蕈類喝著山泉水扭著秧歌長大的……」

「別再說了，我口水都要流下來了，謝謝你和阿姨，說真的，我昨晚被這雞湯的香氣熏的一夜也沒睡好，口水一直流啊，謝謝謝謝，我全包了啊！」

室友生怕小野反悔，抱著陶罐一溜煙地跑出了宿舍。

宿舍裡還殘留著雞湯的香氣，小野聞著這氣味，就回想到自己昨天瘋狂抱著男友激吻的畫面，她在男友的懷裡睡得香甜，卻不知自己的母親在宿舍裡來回踱步，內心的不安與焦急，她厭惡地皺了皺鼻子。但這樣的不安情緒滅得很快，因為那個叫王剛的混蛋發來了訊息「寶貝，我愛你」，小野的世界很窄很窄，只容得下一個王剛。

大三下學期，男友因創業而辦理退學，小野膩了待在象牙塔裡過著一成不變的生活，尤其看著男友的生意做得風生水起，小野內心想要衝出大學這個柵籠的心由蠢蠢欲動變得堅定，她想要陪著男友提前邁向社會，也跟著擬了退學申請，然而學沒退成，倒是把母親給申請來了。

母親一來，就拉住小野的手說：「媽知道大學開支大，生活不易，你不要覺得你給我增加負擔了，媽沒事，以後往你卡裡打錢的時間再準時點兒，可以嗎？」

「你每個月打給我那點兒錢，能做什麼呀，添件衣服再買個包兒就沒了，我不想再過這種窮日子了，我想要出去賺錢。」

「你都已經大三了，再撐不到一年的時間就要去實習，這每一步你都要踏實著走，讀書是為個啥？不就是為了以後進入社會可以有更多一點的選擇嗎？小野你聽話，要是錢不夠，我今年再多養幾隻雞，啊，你別退……」母親緊緊握住小野的手：「媽這一生什麼也不求，只求你未來出人頭地……」

「媽，我現在很出人頭地啦，誰說有出息就必須是大學畢業？現在外面多少人大學沒畢業呢，可是，他們身價卻蹭蹭地往上漲，現在的時代，已經不靠這張文憑吃飯了！」

母親卻沒有順從小野的意思，母親說：「媽也沒要求你靠著這張文憑吃飯，但是必須要踏實，穩重，尊重你所有的選擇，選擇了就認真的把它走完，這是你今天學習的態度，也是你未來面對生活的態度！」

小野語氣決絕：「我現在的態度就是，我男朋友要出去創業，他現在做得很成功，作為他的女朋友，我當然要一路護著他守著他，跟他共同進退！」

母親語重心長：「他是誰？你男朋友？那他就還不是可以跟你相守一輩子一起走的那個人，他有他的選擇，他這條路走得好與不好，跟你有關係嗎？但是一旦你現在也跟這種人未來的生活全都摻在一起，他未來走得好與不好，都跟你有關係！可是，你算他的什麼人吶？」

小野惱羞著怒吼道：「你能盼著我一點好嗎？我算他的什麼人？說句祝福我的話會怎麼樣！」

「如果他對你負責，他會說服你，讓你走完這大學的路！如果他對你負責，就該在這時候扛起給你的承諾，如果這點擔當都沒有，你不算是他的誰，他也沒有那麼在乎你！」

小野不敢相信眼前的竟是自己的母親。她大字不識，不敢遠出門，從來不見她讀詩文，不見她看電視，可是居然可以說出這些話！但小野迷在當局，即使知道母親說的話句句善意，但她此刻不要善意，她更願意把這些話歸於這是母親丟出來的絆腳石，絆住她去勇敢追求夢想的絆腳石！

「他怎麼可能不在乎我？你不要把任何人想得那麼壞！」

母親叫住她「小野，你不能去！」

為了擺脫母親，小野豁出去了，她刻薄地說道「你不能因為自己沒有留住愛人，就希望我跟你走一樣的路！你沒有男人願意在乎，不代表我沒有資格擁有愛情！」

母親神情難看，小野頭也不回地往前走。

她知道傷了母親的心，但為了追求愛情，小野已經抱著萬物皆可拋的心情，沒想到母親又小跑步上前拉住她的手，小野把母親的手給撥開：「你不要再管我！我不要跟你過一樣的生活！你的生活太苦了，我沒有辦法！可不可以不要再把我像傀儡一樣綁在你身邊。」

趁著母親愣神，小野快速跨著腳步往前，母親再跑到她的身邊時，氣喘吁吁地捧著一只更沉重的罐子硬塞給小野：「你這姑娘，怎麼那麼倔，你喝口湯啊，我熬了快一宿！」

母親希望用這鍋湯留住小野義無反顧的腳步，但小野聞到香菇雞湯的味道，她嫌棄地把湯塞回給母親：「我討厭這個味道！」

母親怔怔地看著小野，她的這一怔，沒能接住小野遞來的陶罐，陶罐掉在地上應聲而落，陶罐的聲響並不清脆，卻沉悶得有力量，溫熱的雞湯四濺，整朵的香菇散發出濃郁的香氣，母親的眼神寫滿了失落，她的眉微微皺著，看著小野的時候，神情中未留露半絲惱意，但眼神裡卻雜帶著不解與痛苦。

小野怕母親露出這樣的神情，但是她不能讓自己有半分的愧疚，一旦愧疚，她想要退學的念頭就必須打住，她不甘願在這臨門一腳前停下來，小野跺著腳朝著母親吼道：「我討厭這個味道！」

離開單純的象牙塔生活，和男朋友投入創業生涯的小野，場景從學校的課桌轉移到了餐桌，她每天陪著合作公司的老闆們喝酒應酬，目的只有一個，希望在她和男友創業之路上再拿下一張單，早日為他們攢足人生的第一桶金，但是那桶金的金額越來越高，怎麼填都填不滿，每當小野喝得醉醺醺的，抱著馬桶為伴或是狼狽地趴在路邊時，她都想念著此刻該有一碗雞湯，暖暖她被這個殘酷世界摧殘的軀殼與心靈。

第一桶金還沒攢足，劈腿慣犯故技重演，這次愛的不是學姐，而是客戶的女兒，且被小野直擊在床，小野痛苦地打男友耳光，男友毫不示弱，一巴掌甩向小野，他把小野的行李箱丟在樓梯間，他朝小野吼著：「選擇她，我人生可以少奮鬥十年，你能給我什麼！不要哭！我從來都沒有求過你跟著我一起走，當初是你死乞白賴的跟著我，我不過是收留一條可憐蟲！」

這話似曾相識啊。

小野的耳邊響起了母親的話「可是，你算他的什麼人吶？如果他對你負責，他會說服你，讓你走完這大學的路！如果他對你負責，就該在這時候扛起給你的承諾，如果這點擔當都沒有，你不算是他的誰，他也沒有那麼在乎你！」

讀書的時候，為了跟男友考上同一志願，小野卯足了勁要從家裡逃出去；為了愛情，她哭得死去活來，對前來關心自己的母親不聞不問；為了退學，她對母親說盡了刻薄的話；陶罐碎了，也把小野對未來所有的憧憬摔碎了，外面的世界再精彩，都不如家裡的母親更溫暖。

六個小時的車程，小野回到家已經是傍晚時分，昏黃的路燈照亮著回家的路，小野回到家，原本的院子用網子向外擴展成了兩倍，院子裡養滿了雞鴨，走廊下，母親曬的香菇散發著濃濃香氣，母親聽到院內的雞鴨亂叫，知道家裡有人來，母親在房裡連連問：「誰呀？進來屋裡坐！」

熱情好客的母親從來都是未等人來就迎上前的，為何這次只聞其聲未見其人，小野疑惑地推開門，房間內保持著一貫的清潔與整齊，但母親不在客廳，她循著聲音再往裡面走，竟見瘦弱的母親躺在床上，她的手臂被環吊上，還打著厚厚的石膏，小野的眼淚掉下來，她上前關心：「媽！你怎麼了？」

「小野，這孩子，你怎麼突然就回來了！」母親撐著身體想要坐起來：「媽沒事兒，就是前幾天出門不小心……」

「你出門去哪兒啊！」小野的眼淚停不下來。

母親沒有說話，但小野已經知道答案，走廊裡香菇的香氣還沒有散盡，母親若非爬上山坡陡壁，不會摔得這麼慘，小野抹著眼淚說：「都跟你說了，我討厭那個味道，還拚了老命的去摘那些做什麼，下回不准了啊！」

母親心疼地摸著她的頭：「傻丫頭，這香菇可不是隨便長的，它們擇的全都是陳年老木，長的也講究，放在雞湯裡，補氣養顏。以前老一輩的人都喜歡說『英雄莫問出路』，但是這野生的香菇，真的要問問出路，它們從一根老木頭上冒出頭，生長的過程中，有水得水，有陽光就吸陽光，從不抱怨，但長得也毫不含糊，多像我們對待人生的態度啊。」

母親雖然大字不識幾個，鮮讀詩書，但她與生活密切相聯，她不必從書本中獲取人生道理，因為大自然和植物給予母親的養份更加充沛。

在家的日子，小野的每一天都過得舒服又愜意，一切都彷彿回到了無憂的小時候，小野不必擔心還有多少天要高考，不用擔心自己的男朋友又要上演劈腿戲碼，她每一天都睡到天光徹底敞亮，雞鴨在院子仰頭追叫，母親像哄孩子一樣讓雞鴨再多吃一點，拜託它們乖乖下蛋，小野懶散地坐在床沿邊打著呵欠，這一覺，她已經睡了快三十個小時，但全身還是疲乏無力，她揉著睡眼惺忪的眼睛，突然間地，她覺得自己的肚子裡，有一股很微妙的力量，似乎在模仿自己，懶散地舒著腰打著哈欠，想要從床上爬起來，小野的手朝肚子拍了拍，這一次，這股力量更清晰了些，肚子裡，似乎真的坐著一個人，試圖撐開手臂打著呵欠在小野的肚子裡做舒展運動。

小野原本昏昏欲睡的腦袋立刻清醒了，從男友劈腿直至現在已經晃了快三個月，她的例假始終沒有光臨，肚子裡的那股力量雖是錯覺，卻也冥冥之中告訴她有一個新生命的降臨和存在，小野顧不上換衣服，她跑到鎮上的小診所買了一盒測孕試紙，她躲進鎮上的公共衛生間，看著試紙從無變成了鮮紅的兩條線，說明書上說，兩條線即是懷孕，但是小野沒辦法恭喜並歡迎肚子裡這個新生命的到來。

她從鎮上一路哭著回家，內心忐忑焦慮，為這個永遠見不到日光的孩子而哭，她內心一次次地跟這個孩子道歉，卻又必須要盡早做手術與這個孩子告別。

做這個手術，小野是瞞著母親的，但籌措費用卻又必須跟母親要錢，小野謊稱自己決定回校讀書，她準備簡易的行李，在一間簡易的小診所裡，向來果敢天不怕地不怕的小野，此時用顫抖的聲音說：「我要做手術，把孩子拿掉。」因為害怕面對結局，她在此刻拒絕新生命在她肚子裡所有的開始。

小診所內，燈光昏暗，醫生是個中年婦女，對於做小野這樣的手術司空見慣，她戴著厚重的白色棉紗口罩，面無表情地準備前置工作，小野看著冷冰冰的工具一一排開，她緊張得牙齒開始發抖，身體的肌肉也緊緊地縮著，她眼睛直勾勾地看著發黃的天花板，腦子裡一片空白，醫生讓她躺上簡易的病床，一股涼意從皮膚的表層滲透到小野的心裡，為了愛情，她把自己置於懸崖，把這個生命置於深淵，她對這些變故束手無策，只能閉上眼睛希望麻藥快一點進入她的身體，讓她沉睡，讓她與過往的一切一了百了。

醫生在她的手臂上尋找血管，此刻，門突然被推開了，來人竟是母親，二十餘年的生涯，小野突然意識到自己對於母親是懼怕的，她緊張地坐起來，背直得挺挺的，眼神裡滿是戒備。

「你這個傻ㄚ頭，你到底在做什麼！」母親衝上來，要把小野從床上拽下去。

小野的反應比母親還要激烈，她死死地拉住床把：「我不走！」

母親拉著小野的手不敢放，她用盡力氣硬是把小野從床上拉下來：「小野啊！我的孩子！跟我回家，有什麼事情，我們好好商量，事情一定會有解決的方法，一定會有比這樣做更好的方法！」

「我不走！」小野看著母親：「我現在的人生已經糟透了，怎麼可能還會有比這個更好的方法？我要做手術！我不可以生這個孩子！」

「你知道要投胎為人有多難嗎？」

「那也是他投錯了胎！」小野閉上眼睛絕望地央求著：「我求求你，可不可以不管我，讓我自己做決定！我自己的人生，我可以做主！」

「是，這是你的人生，所以我過去一次次的放了手。想要讓你留在身邊，讀離我最近的大學，可是你堅持要跟著你男朋友去更遠的大學，媽媽說什麼你也聽不進去，我尊重你，讓你往更遠的地方飛；你生病三天三夜不吃不喝，我去看你，但是你一夜沒回，你的室友告訴我你去找男朋友了，我在學校的門口，等著你回來，你知道那一夜對媽媽多麼漫長？但是當我看著你一臉的笑呀，我知道你高興了開心了，你開心就好；你寫退學申請，要去外面闖蕩，我在家有多麼的擔心，你知道嗎？你後來回來了，我也想著，你在我身邊就好，媽媽喜歡看著你笑的樣子，可是你不能以你自己『不高興』當作藉口，就這樣斷送一條命啊！小野，你太隨自己的性子，你還希望我站在一旁繼續看著你過這樣的日子？」

「你現在才想到要介入？為什麼不早一點！在我決定要去很遠的地方讀大學的時候！在我對你撒謊跑出去找男朋友的時候！在我跟你說我要退學的時候！你那時候為什麼不拉住我呢？」

小野說著這些話，自己都覺得羞愧，母親一直都在的，但是此刻，她一定要口是心非的說一些傷人的話，彷彿只有這樣，才能把自己過去所有的荒謬行為全部掩埋，包括她的現在。

母親心疼地說：「媽媽一直都在的。」

小野哭著搖頭：「可是我不想你一直在！你一直在，我就沒有辦法選擇我自己的人生，我捧得受傷又怎樣！我還是要自己走啊！你就當作不知道，就繼續隨著我高興，不可以嗎？」

「不可以！」母親說得很堅定。

「沒有這間醫院，我還可以選擇別的醫院，今天你攔著，我就明天再去，你明天跟著，我就後天再去，總有一天，我要去做手術，總有一天，我要去把這個孩子做掉……」

母親一行清淚淌著，她的肩膀抽搐，為了控制情緒，母親用手遮住眼睛，她輕嘆了一口氣：「投胎不易，活著不易，但能擇你這個母親，是這個孩子的緣份，就像是你擇了我，我就把我所有的養份都盡情的給了你，你和他擇的都是一塊木，一模一樣！你要待它成熟落地，還是現在解決，往後都隨你，可是孩子，生養的這個決定，人命關天吶，你要慎重。」母親聲音哽咽地又說：「一株老木，都能靜靜地躺著，等著那些菇從它的身體裡長出來，我們有血有情，卻要殘忍地舉著刀，殘忍啊！這一刀，斬掉的緣份，以後是再也續不上啦！」母親搖晃著瘦弱的身體，默默地往前走。

這是小野的母親。

小野從小最崇拜母親，覺得她擁有智慧，無所不能，總能變戲法一樣從各處給她掏來吃的，冬天是地坑下埋著的紅薯，夏天是在冰涼井水中浸泡的番茄，秋天有一把炒好的花生或瓜子，春天是長在田間地頭的大苦菜……可是待小野長大了，這些戲法不再可以滿足她，小野看到的永遠都是別人的髮飾，別人的衣裳，別人的媽媽都長得美麗優雅，才學豐厚，唯獨自己的母親，每天都只能在家顧著一畝三分地，她以為只要躲開這個家，就此可以展開不一樣的命運，卻沒想到到頭來，所學的知識還不如跟大自然朝夕相伴的母親。

回看母親，小野覺得羞愧難當，母親什麼都沒有，卻在她擇了這個母親的時候，義無反顧，將自己所有的愛和養份都給了自己，而自己，她任著性子，追隨男友和愛情，她任著性子，在新生命到來前舉了一把刀。

母親的話在耳邊回響：「一株老木，都能靜靜地躺著，等著那些菇從它的身體裡長出來，我們有血有情，卻要殘忍地舉著刀，殘忍啊！這一刀，斬掉的緣份，以後是再也續不上啦！」小野的心一揪，她知道，手起刀落，斬斷的不僅是她與這個新生命的緣份，更是斬斷了她與母親的情份。

小野抬頭，已然看不到母親的身影，她移動自己的腳步，方向是，家。

家。

院門永遠地敞開著。

走道裡的香菇香氣依舊濃烈，而更濃烈的，是正在爐子上慢火細煨的香菇雞湯，小野掀開鍋蓋，香氣像是長了靈魂一樣鑽進了小野的每一個細胞，吸飽湯汁的香菇色澤鮮亮，與熱湯一起咕嚕嚕地翻動著。

人生，有太多的意外，過程中會有失落，但是在這樣的過程中，也藏著精彩的意外，就像是擇木的香菇，它們的香氣在大自然中綻放了一次，但在雞湯中，又綻放出了不同的誘人香氣。選擇的路程是辛苦的，但卻是幸福的，因為，我們還可以選擇。我們可以選擇討厭，更可以選擇接受與喜愛。

小野聽到身後傳來母親的聲音：「回來了，我去拿碗給你裝湯。」

小野的眼淚掉下來，她擦掉眼淚轉身看著母親說：「我去拿，我要拿兩個大碗，給我們仨每人都裝一碗湯！」

爐火上，雞湯咕嚕嚕地冒著泡泡，生活，就像是這鍋爐火，火很燙，煨出的人生各有滋味。

♥人間喜樂香菇雞湯

用料：雞1隻、乾香菇：適量、薑片：適量、蔥：若干、水：1500 CC、米酒：少許、鹽：適量

製法：將雞肉汆燙，沖洗備用；香菇泡水，泡的香菇水可留；薑切片、蔥切段，準備一鍋水1500 CC，放入雞肉，加入米酒，蓋鍋蓋，大火滾煮後轉文火，燉煮約30～40分鐘；加入薑片、香菇及泡香菇的水，蓋鍋蓋，轉大火滾煮後再轉文火細火慢燉約20分鐘，熄火後加入鹽巴調味。

＊用陶鍋及爐火燉煮的湯會更有滋味。

盔甲下的玫瑰花

二十八樓的辦公室，耀眼的陽光像灑了一地的鑽石，房間的角角落落都閃亮著明亮的光，落地窗邊種滿了向陽的植物，這些植物被陽光餵得飽滿而碩大，辦公室的牆上掛著一張張豐功偉績的傳奇，每一筆合約的金額都在八位數以上，辦公室的裝潢風格以奢華風主打，黃花梨木訂做的辦公桌散發著貴族氣息，華麗的水晶燈驕傲地搖擺著，與一地燦如鑽石的光芒交錯輝映，辦公桌上的相框邊鑲滿鑽石，相框裡，主角自信地揚著頭，犀利的眼神，紅艷的唇，太陽的光暈照在照片上，靜態的照片依舊露出了顯山又見水的霸氣，在公司工作十餘年的保潔阿姨掐準了秒數，在女主人的高跟鞋在辦公室響起來退了出去。

踩著高跟鞋的女主角登場，一襲黑色風衣攜著走路的風揚了起來，喧嘩熱鬧的辦公室卻因為這抹黑瞬間安靜，所有人都快速縮進辦公桌前，辦公室裡一片死寂，留著清湯掛麵，戴著厚重眼鏡的女孩羞澀地站起來，她露出靦腆的笑容：「柯總監早！」

柯小曼習慣了進辦公室時空寂冷漠，她看著眼前的女孩，嘴角露出了職業式的微笑：「潘園吧？」

叫潘園的女孩激動得臉都漲紅了，她搗著頭說「是！我是潘園！我是您的新助理……」

柯小曼的眼角瞄向前助理的桌子，桌上的東西都清空了，柯小曼送給前助理的包、從歐洲帶回來的巧克力、以及前助理日日炫耀柯總監送給自己限量版香水皆消失了。

眼前的小助理推了推厚重的眼鏡又說道：「總監，您可以叫我小潘潘，以後，還請多多關照！」潘園隆重地彎下了腰，因為動作太猛，眼鏡晃掉了，她慌亂地跪下摸著地板上的眼鏡，隱身在辦公格子裡的人全都發出了笑聲，潘園尷尬地跪在地上摸著眼鏡。

柯小曼看著眼前的小潘潘，原想趁著她那句「請多多關照」後接一句「以後也萬事拜託嘍。」，但是柯小曼把要說的話吞了回去，她對職場中的所有話語都已經心冷如冰，她怎麼知道這次自己是不是又要重演「農夫與蛇」的戲碼，她這個農夫，已經被蛇咬得生了懼，一張張無辜青澀的臉，在背對著柯小曼的時候拿出了最尖利的刀，刀刀剮得柯小曼心疼，一如眼前，所有的同事藏起來，背後卻依舊長出一雙眼睛，等著別人鬧笑話的時候發出嬉笑，柯小曼撿起潘園的眼鏡，一手用力地拉著她站了起來。

潘園把厚重的眼鏡戴好，她羞澀地抿著嘴，結結巴巴地說：「謝……謝謝總監！」

柯小曼沒有響應笑顏，她用鮮艷的唇冷冰冰地說著指令：「潘園，沒有助理跟你交接工作，這點我很抱歉，但是我們應聘的條件上寫得很清楚，要的就是可以獨當一面的工作經驗，抱歉，我不想聽到你跟我說會慢慢適應，我沒有那麼多的時間。」

潘園理解地點點頭。

柯小曼的語速變快：「我要上週企劃部的所有文案，一會我們開會比稿，爭取今天定案！請法務部跟進興鑫的合約以及注意今年度所有合約的到期時間，請廣告部的陳經理約杯杯湯麵的設計部主任，後天一起餐敘討論新一季的廣告，請花心思去瞭解設計部主任的飲食習慣……」

潘園復誦著柯小曼的話，柯小曼又說：「我要一杯熱咖啡，茶水間的五號櫃裡放著咖啡豆，32顆豆研磨，熱水需要在90度，五分鐘後送到我的辦公室。」

高跟鞋的鞋跟敲擊著地面，黑色的風衣驕傲地擺動著，柯小曼進入辦公室關上了門，剛才大氣不敢喘的人們瞬間復活，她們吐著氣說道——

「哇，快憋死我了！」

小玲吐著舌頭說：「女魔頭的氣場太他媽強了，我生怕喘口氣讓她嗅到我的存在把我挑出來跟我要文案！」

「她不會跟你要文案，她會直接剝了你的皮把你丟出去，你再不寫就死定了！」

小玲轉移話題：「喂，剛才那個四眼妹也太誇張了，演的偶像劇呀？還直接跪下去！你們有沒有看到，我真的都快笑得抽筋了，是不是真的近視那麼嚴重？」

「是啊是啊，真的誇張，不過女魔頭居然還拉她一把！嘖！」

潘園又抿了抿嘴，硬是讓嘴角露出一絲笑容，那些在辦公格裡人瞬間湧了出來，她們圍在潘園身邊說道——

「小潘潘，女魔頭就是這麼沒有人性，你別傷心啊，工作上不懂的事情你可以問……」小玲環顧四周，圍上前的同事全都緊張地搖頭，小玲轉換語氣說：「我們都相信，以你的能力，一定很快就能降了那個女魔頭，以後她都要聽命與你。」

眾人立刻附和：「就是，讓女魔頭以後都聽你的，別怕，以後我們罩著你！這是小玲，這是大強，這是……」同事挨個介紹，潘園認真跟每位同事點頭致意。

同事們依舊不願意散——

「剛才女魔頭讓你召集比稿會議，這種事情你聽聽就好，別放心上，別把她太當一回事兒，省得她覺得自己『一人之下，萬人之上。』」

「四眼妹，女魔頭讓你去瞭解設計部的主任喜歡吃什麼！我告訴你，他們醉翁之意不在——吃！就算你訂的不好吃，有什麼關係呢？反正總監都會『坦胸』面對！」

這是潘園畢業後的第一份工作，但就算她未經職場錘鍊，她也分辨得出這語氣中有多少人與柯小曼為敵，潘園藉口煮咖啡，轉身躲進了茶水間。

轉眼三個月，同事間盛傳潘園將被ＫＯ，消息一出，所有同事都像躲瘟疫一樣躲著潘園。

潘園的內心也很忐忑，這三個月來，她熟悉了文書的歸檔，可以獨當一面給廠商發新聞稿，瞭解公司及合作對象的喜好，縱然她跟柯小曼之間的關係猶如隔著萬水千山，但是很奇怪，只要她需要幫忙，柯小曼總是第一個向她伸出援手的人，就算事後柯小曼依舊冷若冰霜，潘園還是對她充滿了感激。

午休後，大強坐在辦公椅上轉到了潘園的身後，他拿出錢包放在潘園桌上：「小潘潘，我想請同事們喝咖啡，你幫忙訂一下。」

潘園還沉浸在自己被ＫＯ的情緒裡，她擔心自己試用期不合格就沒有機會再請同事喝杯咖啡，潘園把錢包還給大強，笑著說：「強哥，這回我請吧。」

「那怎麼好意思！」大強說著把錢包抓了回去，又補了一個笑容說：「謝謝你啊，小潘潘！」

小玲扭著腰走過來拍著大強的頭說：「謝什麼呀，要離職的人，請我們喝一杯不是很應該的嘛，別跟這種人客氣，反正以後見面的機會也沒有。」

潘園看著小玲，這個平日熱情仗義的女孩兒，總是露出甜甜的笑，今天卻如此陌生，潘園深深地吐了口氣，拿起電話準備叫咖啡，電話卻被一隻手按下了，柯小曼貼在她耳朵輕聲說：「你呀，真是死腦筋，這週都被他們敲竹槓四回了，別拿你認真賺的辛苦錢去餵這群白眼狼。」柯小曼說完，又看著眾人問：「誰要喝咖啡，我請客。」

小玲拍著手：「哇，柯總監難得請大家喝咖啡，大家點最貴的啊，總監，人家還想吃派！」

柯小曼笑著說：「訂！」

眾人拍手感謝，與剛才潘園要請大家喝咖啡是兩種截然不同的景象，柯小曼笑著說：「別謝我，你們該謝謝潘園。」

小玲故作心疼地拍著潘園的肩膀說：「我真的很珍惜我們三個月共事的時光，你很棒的，潘園。」

柯小曼說：「她真的很棒，三個月的試用期考核高分通過，從今天起，她不再是設計部的助理，而是總經理室的秘書，隸屬管理部……」

同事們皆面面相覷，小玲用不可置信的口吻問道：「管理部？年終獎金領二十四個月以上的管理部？」

「從今天起，她不再幫各位寄信買咖啡打檔案裝訂跑腿了，以後，所有經由管理部核准的事宜，都需要向潘園申請。」柯小曼說完故意看向小玲：「麻煩你訂咖啡，還要訂派！」

所有的同事都圍上前給潘園道喜，但是所有人的笑容裡，都沒有了潘園往日所看到的善，柯小曼此時回頭看向潘園：「她們要挑咖啡的口味，走，帶你去看新的辦公室！說說你的想法，你想怎麼佈置？」

潘園感激柯小曼。她解救自己於謊言堆砌的冷漠假象中，她讓自己看到了真相，有時候真相並不令人尷尬與難堪，反而讓人感動，一如此刻的潘園。

潘園要換辦公室的那幾天，柯小曼的心情比她還要好，不僅從頭到尾監工，還把自己養植的多肉植物搬來好幾盆擺在向陽的地方，然而就在那天中午，一直好心情的柯小曼在企劃部發火了。

原來下午計劃要去客戶那裡做文案比稿的作品全部拖延，柯小曼對著企劃部的同事怒吼：「你們每個人都掛著保證說今天一定會交！結果呢？看看你們這週的考勤，全都遲到早退！中午十一點打卡，晚上五點就全部不見人影！沒有病假沒有事假沒有事先知會！你們當公司是什麼？」

小玲嘟囔著：「上週是情人節啊，你沒人陪著過，不能讓所有的人全都陪著你吧！」

柯小曼看著小玲問：「有人陪著過情人節了不起？你覺得節日重要？在你眼裡『工作誠可貴，但是愛情價更高？』」

小玲撇著嘴說道：「在麵包和愛情面前，我當然選擇愛情，麵包我再賺就有了，愛情也不是時刻都抓得住的！」

「小玲。」柯小曼認真地說：「恭喜你，有值得自己去抓的東西，從現在起，你去抓你的愛情吧，麵包，你放手吧，反正再賺就會有的。」

小玲不安地看向柯小曼：「總監……我不是說我現在的工作，我的意思是……」

「從現在起，你不用再進公司了！」

剛才還一臉傲慢的小玲立刻紅了眼眶，她梨花帶雨地說：「你炒我？你憑什麼炒我？遲到早退的又不是只有我一個，那天公司的人可全都走了，大強，那天你走得比我還早！」說完又看著潘園：「還有她，她那天也走得早！」

柯小曼沒好氣地看著潘園，潘園還不知道怎麼幫自己解釋，柯小曼著急，她深吐了一口氣，心平氣和地糾正小玲：「小玲，你的記性真的很差！你那天九點多打來讓潘園去樓下給你送傘，你忘啦？還有大強，潘園那天冒雨給你取花，你沒忘吧？」

大強不好意思地點著頭：「是，不敢忘！那天我們沒做完的工作全都丟給了小潘潘，她替我們忙到過了十二點還沒下班，我本來想帶女朋友來公司看夜景，但是她在，我沒好意思，又走了。」

柯小曼要到了她想要的答案，只是她眉頭還皺著：「十分鐘後，開會！」說完柯小曼看著潘園：「你去大會議室，把投影儀打開。」

「好。」

「會議記錄由你來做！」

潘園又是一句：「好！」

原本預計三個小時的比稿會議，足足開了六個小時，所有創意的腦細胞都被榨乾了，依舊沒有比出更好的文案，柯小曼看著同事們個個無力，疲憊地趴在桌上，她用力捏著眉心說：「大家都累了，休息半個小時。」

虛弱無力的人們瞬間充滿了電，他們驚呼著：「噢耶！」，已經趴下的人們像是突然有了生命力似的，手腳全都舒展開了，眾人起身往外挪動。

柯小曼坐起來，她看著潘園說道：「潘園，訂個餐吧，今天的晚餐我請，大家辛苦一點，趕緊把今天的案子訂下來，我已經跟對方把比稿延到了明天早上。」

眾人的身體又全都軟軟地趴下了，有人說：「總監，我媳婦給我訂了便當，我得去拿，已經付了錢了，不吃浪費！」

「總監，我想去樓下買杯咖啡！」

「我也要！總監，我也需要一杯咖啡，不然我醒不過來！」

柯小曼無奈的雙手一揮，無精打采的人們頹喪地走出會議室，眾人在會議室外，歡聲雷動，眾人商量著去哪裡喝一杯，有人嚷嚷著要吃韓式烤肉，潘園看向柯小曼，六個小時的腦力激蕩，這個女人身上卻絲毫未露出倦意，眼神依舊犀利有光，雙唇艷紅有魅力，連瘦長的手指夾著筆思索的樣子，都有一股擲地有聲的力量，潘園看得出了神，直到柯小曼敲著桌子，她才緩過神來。

「你要不要一杯咖啡？」柯小曼問。

潘園搖頭：「我不能喝咖啡，喝了會心悸。」說完潘園打了個長長的哈欠。

「你累壞了吧。」

「我……我還行，不累。」

柯小曼不怒反笑：「我們開會討論的六個小時，你可不是只做了會議紀錄，電話接聽，廣告部的合約，還有這幫不懂事的同事塞給你那些查資料的小紙條，你當真以為我全都看不到？你呀，到底什麼時候才能分清誰是同事誰是朋友！行了，你是典型的傻白甜，說了你也不懂，時候不早了，你趕快去吃飯吧！」柯小曼說著，又對著文案苦思冥想。

潘園是真的餓了，肚皮和胃已經聯合抗議對著她敲了兩個小時的鼓了，潘園站起來：「總監，您想吃點兒什麼呀，我給您帶回來！」話還沒說完，潘園覺得眼前閃過無數顆金光閃閃的星星，她搖晃著身體，又重重地跌回座位上，正在思考的柯小曼停下手中的筆，連忙走過來扶住潘園，一手壓著潘園的脈搏，一手按著她的額頭：「你心跳得慢呀？你是不是低血糖？晚上又沒休息好，你別出去吃了，去我辦公室躺會兒，我給你煮吃的。」

不等潘園反駁，柯小曼就扶著潘園進了她的辦公室。

二十八樓的辦公室，厚重的窗簾遮住了城市的風景，房間的角角落落被水晶燈照耀著閃著明燦的光，潘園躺在躺椅上，落地窗邊種滿了向陽的植物，這些植物被陽光餵得飽滿而碩大，辦公室的牆上掛著一張張豐功偉績的傳奇，而創造這些傳奇的人正從辦公室的櫥櫃中熟練地將鍋子、電磁爐、碗盤等煮食用具一字排開，潘園看得吃驚，這櫥櫃宛如哆啦A夢的神奇口袋，拿出什麼都不奇怪。

柯小曼摘掉手錶，用手腕上的黑色橡皮圈把瀏海扎起來，犀利幹練的女強人搖身變成了溫婉的女孩樣兒，她繫上圍裙，從小冰箱裡拿出青菜、番茄、木耳、雞蛋，她把所有的菜洗淨備用，又變戲法似地從抽屜裡拿出了麵粉，柯小曼動作嫻熟地往大碗裡倒了麵粉，一邊加水，一邊用筷子快速攪拌，待麵粉成為棉絮狀，她開始點火熱鍋。

潘園從小就是廚房外的人，所有家務都跟她絕緣，只要她剛靠近廚房，爸媽就會立刻尖叫著說：「停停停！你想要什麼，餓了是不是，我來準備，你回去看書！渴了是不是，我來給你倒水，你回去看書！」

因為從未接觸，潘園一碰到家務活就犯怵，她寧願躲進書房也不要走進廚房，可是看著眼前的柯小曼，這個平常雷厲風行不苟言笑的女人，在做菜的時候全身都散發出了異樣的光，這種光安靜柔美，讓潘園驚嘆，潘園毫不掩飾自己的驚嘆：「總監，你也太厲害了，你到底是怎麼弄的？這間辦公室因為有了這些鍋碗瓢盆變得有生活氣息了！你讀的什麼科系？難不成是廚藝兼藝術學嗎？」

就在潘園驚嘆的這數分鐘內，柯小曼已經將所有的備菜準備好，開始熱鍋炒菜，她笑著說：「你也看到企劃部那些同事的本領了，讓他們待在座位上很難，但是挪出去的腳步比誰都走得快，為了可以順利交出稿子，我這幾年都是以辦公室為家，晚餐不定時，要麼餓過頭，要麼訂的晚餐涼透了，有一年，我累得胃出血，還吐血，從那時候起，我就慢慢地學著煮飯，只有學著把自己照顧好了，才能把企劃部的同事們照顧好，才能把每一項任務都照顧好，但是……」柯小曼停下手，眼神百感交集：「沒有人感激我的照顧，我所付出的一切，在他們眼裡都是理所應當，甚至，會不惜一切地抹黑你，抹掉你踏上這個台階前的所有努力。」

聽柯小曼這麼說，潘園對她的敬重中又多了心疼。

柯小曼和無數的女強人一樣，一旦被貼上標籤，就必須驅使自己更努力認真地往前，她們一路走得並不順暢，鮮有戰友，永遠都是自己獨自往前，路人們紛紛捂嘴偷笑，等著看她們摔得頭破血流，而當她們孤獨地披荊斬棘看到曙光時，身邊又突然湧現要跟她分享這道光芒的人。

辦公室裡飄散著番茄的酸甜，待熱湯在鍋裡咕嚕嚕地冒著泡泡時，柯小曼動作嫻熟地將拌好的如棉絮般的麵片撒進湯裡，潘園忍不住深呼吸，她歡呼著：「也太香了吧！總監好厲害喔！」

「厲害的不是我。」柯小曼低頭看著鍋子：「厲害的是植物的生命力，它們只需要陽光和水，就能把生命盡情地舒展，結出來的果子，永遠都忠於它們自己本身的味道，一切都是那樣的恰到好處，我們呢，慾望太多，追求的名利也越來越多，什麼時候，我們能夠慢下腳步，聆聽自己的內心，聽到自己生命舒展時的聲音，任著自己忠於本味，這才叫厲害。」

潘園看著柯小曼，她以前一直覺得自己與柯小曼無法親近，在這一刻，很奇妙，她覺得自己從未離柯小曼這麼近過，不只是距離，更是心。她看到拚搏之路上柯小曼的沉穩與認真，看到她褪去繁雜慾望的初心，潘園羨慕地說：「總監，我以後也想要成為像你一樣的人。」

「像我一樣的人？我是什麼樣的人？」

潘園露出羞澀的笑容搖著頭。

柯小曼笑著：「還跟我賣關子，那我就當作是我們之間的秘密啦！」鍋裡的番茄麵疙瘩煮好了，潘園興致盎然地拿著鍋敲起了筷子，然而柯小曼卻不急不慢，她從小冰箱裡拿出了一個玻璃罐，玻璃罐裡裝著的紅色醬料在燈光的襯托下閃爍出了光芒，潘園見狀撇著嘴說：「我的胃不能吃辣！」

話音剛落，玻璃罐的蓋子被打開，濃郁清甜的氣息撲鼻而來，潘園驚嘆地指著玻璃罐：「哇！這，這不是辣椒呀，好甜喔，這到底是什麼！」

「我的秘密武器！」柯小曼將玻璃罐中的醬料倒進湯內，湯變得濃稠，色澤也更加鮮艷，在潘園的嘖嘖讚嘆聲中，柯小曼已經拿出純白色的陶瓷碗將其裝滿，最後還撒上綠白相間的蔥花點綴，柯小曼把碗推到潘園面前：「番茄麵疙瘩，請慢慢享用！」

湯入口酸甜，木耳清脆，青菜鮮甜，雞蛋吸滿了濃郁的湯汁令人回味，番茄一個咕溜就滑進了肚子，而麵疙瘩彈牙好吃，雖然同在一碗，卻都保留了其本味，潘園好奇地問：「你剛才加的秘密武器，到底是什麼醬？」

「番茄醬。」柯小曼說：「這間辦公室，就像是我的家，我把自己的心血和心力全都傾注在這裡，但是我要把自己和工作狂有所區隔，在辦公室開伙後，我製作了很多的醬，番茄醬是其中的一罐，我還做過桑椹、藍莓、草莓醬，剛開始我把這些全都一股腦放在鍋裡，熬出來的醬差強人意，但是每一件事情都是，你越用心，你就會離成功又近一步。」

這一晚，潘園吃光了大半鍋的番茄麵疙瘩，這一晚，那些說「去去就回」的同事全都沒有回到辦公室，這一晚，潘園和柯小曼合力完成了文案的選題，這一晚，潘園突然覺得，要做柯小曼這樣的人，看似簡單，其實並不容易。

這樣的人，溫暖有力量，她從不以霸氣的言行顯山又露水的以示自己存在，但只要她在，那種顯山露水的霸氣就在；面對詆毀，她不曾為自己解釋，她不想把無謂的情緒全都浪費在「解釋」之中，她用雙肩扛起一切，就算疲憊，還是保持從容，面帶微笑。學習與自己獨處，愛自己，把自己變身成為一株植物，保留個性中最純真的美好。

第二天，柯小曼和潘園漏夜完成的文案選題獲得客戶的認同，潘園和柯小曼帶著捷報回到公司，同事們一湧而上圍住潘園打探消息。

「哎，小潘潘，你怎麼那麼傻，為什麼不跟我們一起走呢？女魔頭困住了你是不是？」

「我們大家都知道你的實力，這文案百分之百是你獨力完成的，你可得自己長點心眼呀，別讓自己辛苦努力的成果被別人收入囊中，這種戲碼可是女魔頭最擅長的。」

「是呀，這合約簽妥了，女魔頭在公司的根又深扎一步……」

向來置身事外的潘園開口說話了：「總監昨晚沒有困住我，文案是我心甘情願幫著忙一起做的，因為只說要出去吃晚餐的你們一去不回；我只是一隻小菜鳥，實力一般，總監願意帶著我，我真的跟著她學習了很多。」

同事們不解地看向潘園：「小潘潘，這才一個晚上，你就被總監給說服了？她到底用什麼方法影響你？」

「你怎麼會被她洗腦？你知道她有多討厭我們嗎，每天關著門，完全活在自己傲嬌的世界！她根本就看不到我們！」

「你們知道總監的門為什麼始終關著嗎？她也擔心自己的出現會擾了你們正在八卦的話題吧，而你們那些八卦的話題裡，十有八九都是拿她當箭靶不是嗎？昨天晚上，我們一起討論文案，我看到了辦公室窗前那些長相喜人的植物，被總監養得真好啊，我可以想像她在跟植物們相處時的畫面，但是我覺得她毫不孤獨，她把自己的焦點從複雜的人性中移開，專注在那些植物的身上，她所有的耐心和愛，都給了它們，而那些植物沒有讓人失望，它們展現出最真誠的生命力，以愛的姿態成長回饋給一心照顧著它們的人，對比我們給她言語的傷害，她這種轉移的方式真的太妙了。」

「唉，這種女魔頭，一個人關在辦公室裡弄些花草似乎也很應該啊。」

潘園嘆了口氣：「為了寫出好的文案，她把辦公室當作是她自己的家了，她曾經胃出血而住院，曾經在辦公室裡寫稿到凌晨三四點，她的辦公室裡儲藏了很多的食物……」潘園突然覺得自己的解釋蒼白無力，她嘆了氣說：「算了，不管我說多少，你們依舊覺得她『罪有應得』，但總監和我們不是敵人，團隊不是一人拔旗跑到終點就是贏，當你們喊累的時候她獨自扛著，當你們要放棄的時候她努力撐著，她始終扛著旗等著我們趕上她，同步而行的努力，才是團隊的珍貴啊！你們說，所有的榮耀都只屬於她，你們錯了，提送出的每一份文案，署名都不是柯小曼，而是屬於我們設計組，我們每一位成員都可以共享這份榮耀！而她給你們年終的考核表上，你們每個人的優點她都筆筆道出，寫得誠懇而真實，相較我們，我們給了她什麼呢？無盡的傷害和詆毀？從來不曾看到她對我們的付出，用一句句話當成利箭戳向她的心，除了這些，我們還給了什麼？」

潘園這一席話，說得毫無槽點，同事們默默低下頭，誰也沒有再說話。

三個月後。

二十八樓的辦公室，耀眼的陽光像灑了一地的鑽石，房間的角角落落都閃亮著明亮的光，落地窗邊種滿了向陽的植物，這些植物被陽光餵得飽滿而碩大，辦公室的門敞開著，紅色的番茄醬在鍋子裡噗嗤噗嗤地快樂冒著泡泡，柯小曼的頭髮蓄長了，她用木製的湯勺在鍋子裡細心攪拌，潘園和同事們嗅到味道全都跑進了她的辦公室，大強捧著臉故作少女狀的說：「沒想到總監出得廳堂入得廚房，一手寫文案一手做醬料，我真的是太崇拜你啦！」

小玲扭著腰敲著碗：「總監，我們文案提前完成了，你的秘密武器趕快出鍋，再煮一鍋番茄麵疙瘩，我不吃完一鍋，堅決不下班的啊！」

柯小曼點著頭：「好！」

潘園靠近柯小曼說：「總監，我真是後悔，早知道不跟這些傢伙說你的好手藝，你看看這些眼睛裡發著亮光的傢伙，哪像熬夜趕文案的人吶。」說完她又感嘆：「不過，這樣也好，我們終於一起扛著旗子往前走了，你不用停下腳步等我們了。」

陽光下，鍋子裡的番茄醬噗嗤噗嗤地快樂冒著泡泡，整間辦公室裡，都充滿了濃郁香甜的滋味。

吃光了番茄麵疙瘩，潘園倚著柯小曼的背輕聲說：「還記得我們之間的秘密嗎？我說，我想要成為像你這樣的人，你這樣的人，溫暖有力量，你從來不知道自己身上自帶的光芒有多強大，要成為你，還有太長太長的路要走，但是我不怕，我要走向你，謝謝你啊！」

生活的樣子，或許不可愛，它經常臨時又倉促地塞給人們太多命題，有的人抱怨，有的人豁達，抱怨的人選擇逃避地喝一杯，豁達的人決定應對，並在過程中調適自己的壓力，讓自己以最舒服的方式接受挑戰，一如番茄麵疙瘩，加上了獨家秘方，就更有了屬於自己的人生味道，讓不可愛的生活變得可愛。

♥番茄醬

用料：番茄、檸檬、冰糖。

製法：番茄洗淨，放在鍋中，開水燙後，去皮待用；把去皮的番茄切塊，倒入果汁機中打成汁，將番茄汁倒入鍋中，開小火慢熬，並加入冰糖，需不斷攪拌，以防粘鍋。煮至粘稠狀，擠入檸檬汁，待沸騰冒泡即可。放涼後裝罐冷藏。

♥番茄麵疙瘩

用料：麵粉，番茄，木耳，青菜，蔥花，油，生薑，生抽，鹽。

製法：將麵粉慢慢添加清水攪拌成棉絮狀，番茄切片、木耳切絲、青菜洗淨待用，準備生薑和蔥白，鍋內熱油，爆香蔥白和生薑，放入洗淨的番茄、木耳絲、青菜翻炒，添加清水煮開，加入麵粉糊，待煮滾後，加入番茄醬，添加適量鹽、雞精調味，盛碗加入蔥花裝飾。

找回自己吧

婚姻進入第十年，青春年少的輕狂與激情，不知從哪一年起被綁上重石沉入湖底，自此湖面波瀾不驚。這一年來，佳嘉常在午夜夢迴時醒來，身邊的人張著嘴巴打著呼，他們沒有擁抱，彼此各佔加大雙人床的一側，如果不是床前的婚紗照提示，佳嘉早已忘記自己成為人妻，這一年，佳嘉醒來後，不再像婚姻甜蜜期拖著那條手臂再次進入夢境，她總是清醒地起身，趿上拖鞋，給自己倒一杯酒，光腳坐在客廳的沙發上，直至杯中酒盡，她的思緒陷入混沌，借著醉意將身體蜷成一團縮進沙發裡直到天明，這樣的劇情每天上演，而身邊那個給予承諾許願白頭到老的男人，一次也沒有發覺她半夜失蹤過。

今天，佳嘉失眠了，她喝光了半瓶酒，卻仍無睡意，一個問題如同轟然而落的巨石擺在佳嘉的眼前，被綁上重石沉入湖底的難道只有年少的輕狂與激情嗎？維繫這十年婚姻關係的，是愛還是習慣？如今她跟家明相敬如賓，但佳嘉自己知道，她的內心已經開始躁動難安。剛結婚時，她跟家明撒嬌「我想給你生個孩子」，家明憂心忡忡地看著佳嘉：「孩子，你連自己都照顧不好，怎麼敢再要一個孩子，我沒這個打算，這個話題就此打住，別再想了。」佳嘉以為家明擔心自己，直到她把生活打理得井井有條，再提生孩子的事情，家明推托的藉口一次比一次敷衍「我們都快忙死了，哪有心力再要個孩子？」「等一等，我們再等一等」，每次，家明為這個話題點上句號時，佳嘉都試圖再起一個開頭，可是家明每次都能將責任歸屬於佳嘉的不成熟，沒擔當，孩子氣……「孩子」成為爭吵的導火線，即使佳嘉內心再渴盼有個孩子，但面對家明的時候她也要壓制壓制再壓制。

一年前，佳嘉公司聚餐，公司鼓勵同仁攜伴出席，佳嘉經不起同事的起哄，邀請家明參加聚會，原本爽快答應的家明還是失約了，同事們此後都稱佳嘉為「妄想型人妻」，即，明明是單身狀態，因為內心嚮往渴望婚姻，而不斷地說服自己已成為人妻角色。

佳嘉向家明抱怨「我覺得在大家的眼裡，我簡直就是一個變態。妄想型人妻真的很可怕！」

家明一句「你不要想太多」又低頭沉進了手機遊戲世界。

佳嘉往他的懷裡鑽，她撒嬌說道：「我就是想太多啦，他們都說你老婆有妄想症，說我是單身！哎喲，你今天可不可以不要玩遊戲，陪我聊聊天好不好！」家明皺著眉，他推開佳嘉說：「這天多熱呀，你還抱過來，不怕長痱子！上班一天，開了一整天的會，這嗓子都快要著火了，你就放過我吧！」佳嘉只覺得耳根滾燙，她撲向家明的身體被硬生生地推了回來，佳嘉尷尬地抿了抿嘴，揚起的笑意化成了苦水，從喉嚨裡一層層地苦了下去，此後，佳嘉試過幾次投懷送抱，結果都不歡而散，每次看到家明，佳嘉都本能的將手臂往後縮了縮，所有被拒絕的過往如同洪水猛獸，擋在佳嘉欲抱向家明的路上，每天回家，佳嘉看著家明聚精會神地坐在電腦前，他摸著電腦的滑鼠，一臉笑意地看著電腦，佳嘉覺得家明的老婆根本就是那台電腦啊。

結婚紀念日，為緩和夫妻嚴重失調的關係，佳嘉準備了情侶對錶作為紀念日的禮物，佳嘉提前下班，準備了燭光晚餐，鮮花美酒，待家明踏進家門時還播放了兩人充滿回憶的定情曲，家明顯然忘記了結婚紀念日，他打開明亮的燈，臉上稍有慍色：「你又在瞎折騰什麼呀，我還以為沒繳電費停電了，你今天又玩的哪一齣？又想要什麼？」

佳嘉笑盈盈地抱住家明：「老公，十年前，你這樣抱著我，說要讓我成為這個世界最幸福的女人！」

「我能說出這麼肉麻的話嘛！」家明說著，不自然地灌了大杯的白開水。

佳嘉上前抱住家明，家明卻是有備而來，他一個轉身就輕易繞開了佳嘉，家明的神情滿是厭惡和慍怒。

佳嘉覺察到家明的不悅，但是又不想讓氣氛就此陷入僵局，她捋了捋頭髮，一臉笑意地拿出禮物送給家明。

佳嘉準備的禮物是一對情侶對錶，這個牌子是家明的摯愛，佳嘉滿心歡喜地說「今天是我們的結婚十週年，十週年快樂，老公！希望我們以後可以一起，度過更多屬於我們的幸福時光，來，快，對錶！我們把時間多調一秒，這樣我們在一起的時間，永遠都比世界上的任何人都多一秒！」佳嘉興奮地拆開禮物，要把手錶往家明的手上戴，家明卻把手錶放回了盒子：「哎，佳嘉，我的手錶又沒壞，好好的準備什麼禮物。」

「你不喜歡嗎？」佳嘉有點失落。

「喜歡。」嘴上說著喜歡，但家明下一個動作是隨手將手錶放在茶几上，家明伸著懶腰，未曾注意到佳嘉神情中的悵然與失落。

那塊被寓意著往後一起走往幸福時光比全世界的人都多一秒的錶，此後躺進了抽屜，直至今天，也沒能再從那個禮物盒中被取出來。

為了留住愛情，佳嘉這一年來諮詢無數的心理醫生，以挽救她岌岌可危的婚姻。

這些心理醫生給的建議是——

「你是不是給他太大壓力了？」

「你給予先生過多照顧，讓他覺得跟你相處像是在跟母親或是家人一樣。」

「你試著不要強勢，溫柔一點，你知道男人都希望自己被需要。」

「你試著去說出你心中所需，不要一直表現得很溫柔。」

「試著主動出擊告訴他你的需求，你知道男人有時候很木訥。」

「你不要覺得自己不幸福，幸福的方式有很多種，不信你自己去找一找。」

……

為了挽回婚姻，為了重溫愛情，佳嘉按照每位心理醫生給的建議去做，她撒嬌地抱住家明問：「你有沒有覺得我變美了？」家明點頭，佳嘉又問：「哪裡變美了？」家明面無表情地回：「你又在發什麼瘋！」

佳嘉親吻家明的耳朵呢喃：「抱緊我！我愛你，你愛我嗎？」家明緊抱她要跟她親熱，他用呢喃之音說：「我愛你！」佳嘉問：「你愛我多少？」家明冷冷地回：「我不知道！」

佳嘉抱著家明說：「我們認識十年了，我比十年前更愛你，每一年每一年，都更愛你。」家明說：「我愛你大概是四十分之十吧。」佳嘉好奇：「為什麼？」家明說：「如果我們可以相愛四十年，現在是第十年，所以只能是四十分之十，不能再多了。」

佳嘉說：「過去九年我們沒有過過任何的節日，今年的情人節我一定要過！」家明面無表情但言詞裡卻有苛責：「你好好過日子，行嗎？你們女人到底怎麼回事，滿腦子的節日啊愛啊，日子不過了嗎？你知道情人節的花一朵多少錢嗎？你知道情人節的晚餐得提前多少天訂嗎？你都多大了，別折騰了行不行啊！」佳嘉的眼睛裡含了淚：「其實過節不花錢，牽著手說句『情人節快樂』我就知足了。」家明拿起手機，坐進沙發裡，打開遊戲ＡＰＰ，耳朵自動關閉，不再給佳嘉任何回應。

心理專家所有的方法與建議，她試過了，結果全部失敗，不是佳嘉的計略有錯，是家明已經進化成為石頭，他摸不到女人最柔軟渴盼被溫暖的心。

情人節，為了不跟風不浪費，佳嘉去家明的公司等他下班，她把花椰菜金針菇胡蘿蔔扎成一把花束送給了家明，她說：「送你一把花，不僅浪漫還可以吃，我們晚餐吃火鍋，好不好？」家明警惕地說了一句：「我沒訂桌啊！」

「沒事，我是小廚娘呀，我們回家開伙啊！」

家明沒再說一句話，回到家，他把自己和手機和諧地放進沙發裡，二者合為一體的戰個你死我活，熱騰騰的火鍋上桌，從沸騰到冷卻，家明奢侈地沒有半句話，直至睡前，佳嘉忍不住提醒他：「嗳，今天情人節。」

「是喔。」家明說完，突然伸手關上燈，上前欲解佳嘉的衣服，佳嘉驚訝地推開他：「你怎麼啦？」

「情人節呀，你不是想要這個嗎？」

冷卻的，不僅是那鍋火鍋，還有佳嘉的心，她哭著說：「我不要做愛！不是每次我委屈難過時都要這樣，你可以抱抱我，說你愛你，我想讓你陪我說話，我想讓你聽聽我心裡的聲音！」

家明湊上前，敷衍地抱住佳嘉，他把耳朵貼在佳嘉的胸前：「等一下我聽聽你心裡的聲音，等一下聽。」

被捆綁沉入湖底的，不僅是年少的輕狂與激情，還有最重要的——愛。佳嘉以愛為生，婚姻中所追尋的都是愛的感受，她渴盼被愛被關注，但家明不是，他將婚姻視為一湖死水，從不想讓其流淌變得靈活，每天，他只要可以浸在這湖死水裡，與手機遊戲為盟，需要的時候將佳嘉壓至身底呻吟顫抖，不需要時無視她的存在，忽視她內心對於愛的渴望，時間久了，佳嘉在家明的身下慢慢也變成了石頭。兩顆堅硬冰冷的石頭，撞擊得清脆有力，所有的溫存都成了利器，連抽搐與顫抖都是攻擊和不愉快。

佳嘉的公司正在裁員，異動的消息在公司內部升級成地震的規模，至今已經裁員兩次，傳聞還有第三次的裁員名單，佳嘉在待異動名單之中。

佳嘉一直想從這份四平八穩的工作中解脫出去，當知道自己身處異動名單中時，佳嘉非但沒有悵然，還多了一份喜悅，結婚十年，生活穩定，她從未追求刺激，所有的生活按部就班、波瀾不驚的，猶如她十年如一日的婚姻生活，若是這個改變可讓她的生活就此變得不同，她願意放膽去試試。

佳嘉把公司裁員的消息告訴了家明，家明正與手機遊戲中的角色欲罷不能的廝殺著，他歪著身體緊握手機開始闖關，一邊以家長的語氣跟佳嘉說：「別人要保住工作都還來不及，你身處異動的名單中卻從來也不幫自己爭取，我就說你平常時間規劃有問題，讓你加班你不好好加班，全公司從沒有人請生理期的假，你倒好，例假來了疼得非要請假，能有多疼啊？吃顆止痛藥，多喝點開水忍忍不就過了？如果我有這樣的下屬，我也拿你第一個開刀！你這麼幼稚！永遠都用小孩子心態，看問題永遠都只看到表面，你們這間公司雖然沒有什麼優勢，但是混日子絕對是混得下去的，你知道五年有多少天的特休假期嗎？你是十年哎，十年！再堅持十年就可以領到一筆退休金了！我真的不懂你腦子裡究竟在想什麼！這麼不成熟，還總想著要孩子？就這種性格，你教育得了孩子嗎？」

佳嘉不過才說了一句，家明已經搬出了落落長的教育詞，從個性到教養孩子，所有的罪責全都被推到了佳嘉身上。

佳嘉的聲音很輕：「這十年，你換了不止十份工作，每一次我都是支持你的。」

但家明的反應卻異常激烈：「佳嘉，我換工作是不斷發展尋找適合自己的路，我怎麼會知道哪一份工作更適合我？男人志在四方！不出去走走，我怎麼知道哪一條路更適合我？」

「我沒有四方迎接我。」佳嘉望著家明：「我只有一方，就是你，過去的十年，我待在原地，是希望以我的穩定保留住你內心對於所有夢想的嚮往，讓你毫無顧慮，想去哪裡就去哪裡。不管你的世界多動盪，我希望你知道，我穩定，你的心就是穩定的。」

家明的嘴角皺了起來，他的怒氣更盛：「你現在是在道德綁架你知道嗎？你是想說，我現在的輝煌是你犧牲十年的自由換來的？佳嘉，我有那麼沒用嗎，需要你犧牲照亮我往前？你把自己想得太偉大了！你覺得你是在犧牲自己，成全我嗎？」

佳嘉搖頭「愛情就是無止境的愛，只擔心自己給的愛夠不夠，在我的世界裡，沒有犧牲。」

「你這明擺著讓我接受你的犧牲，佳嘉，你別把被裁員的罪名讓我擔著，這太好笑了！」

好笑的並不是佳嘉或家明的這番言論，好笑的是佳嘉本身，自作多情，將自己套在一個局裡，自以為是成全，在別人眼裡皆是不堪與笑話，而這個別人，不是別人，是承諾會給自己幸福相守共度餘生的男人。

家明又喋喋不休：「你想換工作可以，但是別把我拖下水，你待在原地助我成長的這個黑鍋我真的不揹。」

佳嘉意冷心灰：「從來也沒想過讓你揹。」

「那你這麼說是什麼意思？你心裡到底怎麼想的？在同一家公司安穩地做到退休

不行嗎？真受不了你，這麼愛折騰，都不知道你到底在想什麼！」

「不是我要換，是工作有異動，說得再清楚一點，我在等待被開除的名單裡，懂了嗎？」

「我當然懂！我的意思是，你跟領導再去爭取一下，異動別的同事，以你在公司的資歷……」

佳嘉累了，她從沙發上站起來準備回房間，家明皺著眉一臉不解：「你怎麼啦？我還沒有說完呢！」

「我累了，想休息。」

「說你幾句就有情緒，現在還只是我說你，你就這態度，要是你領導跟你談，這話根本就談不下去！」

「那就別談了，好嗎？我想耳根清靜一下。」

家明卻不想就這麼放過她，繼續追問：「為什麼想清靜？」

佳嘉說：「明天我生日，就當作我提前把願望許了，行嗎？」

房間裡死一樣的寂靜，佳嘉從這個如同石頭一樣的男人身邊走過，兩塊堅硬的石頭碰撞，在佳嘉的心尖上磨出了尖銳的聲響，讓她的心陣陣發疼。

天光快被坐亮了，佳嘉又倒了一杯酒，今天是她的生日，結婚十年，只在結婚的前一年，家明在佳嘉生日的時候煮了一碗麵給她，清湯麵，簡單，卻讓佳嘉覺得踏實又溫暖，同年，家明用易拉罐的扣環向佳嘉求婚，婚後十年，佳嘉的十指光禿，雖沒有戒指，但佳嘉卻把那個定情物的扣環做成項鍊，十年來從未離身，她渴盼留住昔日所有愛情的光輝，即便它粗糙讓人不安，佳嘉依舊定義這是愛中最閃爍的時光。

閃爍的迷人光輝，是身處愛中，縱然身邊雜事萬物，唯他們是主角，那些紛擾雜事與他們無關，彷彿一扇門，關上了，黑暗窄小的空間之中，只有佳嘉和家明，他親吻她，在她的身體裡探索，兩人呢喃抵達彼此心靈的岸，縱然黑暗窄小，卻愉悅令人沉迷。佳嘉為自己的愛情定義過，太廣闊會讓人迷失，他們愛的世界不用太大，盛放得住兩個人就好。

如今，愛被時光洗禮，那些閃爍的光輝早已消耗殆盡，僅存的餘光，或許也只剩下佳嘉內心所保留的過去的記憶，在午夜百轉千回中，不斷說服自己將其擴大延展，不斷，不斷。而當有一天，她不願意再說服自己，也是她的覺醒並看見自己的時刻。

天亮了，家明起床，看見佳嘉坐在沙發裡，他問：「這麼早起來，怎麼還沒準備早餐？」

他果然從不知道她半夜失蹤過。

見佳嘉不說話，家明又說：「你是不是想通了？趕快去跟長官談談，看看還有沒有繼續任職下去的機會，我今天得早點出門，一整天的會，不知道又要加班到什麼時候。」

「今天我生日。」佳嘉說。

家明無奈的聳肩，似乎在等佳嘉說下一句，但是還沒等佳嘉開口，他又兀自地聳著肩問：「然後呢？」說完他看了看手錶。

佳嘉知道家明沒有多餘的時間留給自己，她孤獨的，把頭埋進了膝蓋裡，數秒後，她聽到了門被關上的聲音。

家明覺得任何的日子都不重要，家明覺得自己的建議最為重要。

那些心理專家都勸別人要看開，要往前，要努力保持正能量，要……但佳嘉不要也不想，此刻，她只想沮喪消極地讓自己哭一場，任何人都不及自己的眼淚，知道她的內心有多委屈，有多渴望被擁抱。

家明再次回到家，已經是晚上十一點半，再過半個小時，佳嘉的生日就要過了，但是喝了酒的家明沒有發現佳嘉的不悅，甚至未曾發現他的妻子這一整天都穿著睡衣保持同樣的姿勢坐在沙發上，頂著兩顆哭紅的眼睛。

「怎麼樣？跟長官談得怎麼樣了？能繼續留下來嗎？」

佳嘉聽到家明的話，起身站起來，往廚房走去。

在廚房，佳嘉回想著家明第一次，也是最後一次給自己煮麵的樣子，煮麵看似簡單，但過程與細節毫不馬虎。家明搖晃著酒醉的身體也跟進了廚房：「我跟你說話，你怎麼走了，為什麼不理我？」

佳嘉打開兩個瓦斯爐，起了兩支鍋，一支鍋子滾水煮麵，另一支鍋子熱油爆香下蔥花，家明問：「你就煮個麵，還這麼講究，我跟你說，過日子，能過就行，別這麼多講究！」

爆香好的鍋子，佳嘉又放了水，待水滾了，她把另一個鍋子煮好的麵撈進爆香的油鍋中，麵條吸了濃郁的湯汁，佳嘉將麵盛碗擺盤走回客廳坐下，她擦掉眼淚，身邊的家明繼續不滿地發著牢騷，佳嘉沒有給他任何的回應，她安靜地把麵吃完，抬頭望著家明說：「我們離婚吧。」

家明不滿地問：「你又怎麼了？一天天的，你到底想要什麼！」

「我們離婚。」

黑暗中，佳嘉眸子裡的光堅定又有力量。

這樣的光，家明見過，當年他拿著易拉罐的拉環向佳嘉求婚的時候，見到的，就是這樣的光，有著堅定的信念，萬物都不可阻撓的決心。

家明失了神，他搖搖晃晃地站立著，想要抱一下佳嘉，才發現自己站得離佳嘉太遠，縱然他伸直手臂，也環抱不住他的妻。

「祝我生日快樂。」佳嘉說。

客廳的鐘聲，敲滿了十二下。

♥清湯麵

用料：麵條、蔥花、油、鹽巴。

製法：鍋子盛水煮開，放入麵條煮，另起一支油鍋，熱鍋加入蔥花爆香，加鹽巴和水滾開，將煮好的麵條撈進油鍋，麵條清爽可口，上桌迅速卻不將就。

陰影

凌晨四點，鄭小羽的手機響起來，他瞄了一眼號碼，是個陌生的來電，他把來電掛斷，拉過被子蒙住頭，不停地踢著被子以洩他被擾醒的夢，但來電人似乎沒打算這麼輕易放過他，手機鈴聲再度響起，鄭小羽「嘩」地掀開被子，他按了接聽鍵對著手機就是一番怒吼：「你誰啊？有完沒完？騷擾別人也分個時間段吧？」

「請問是鄭先生嗎？」對方是個聲音低沉的男聲。

鄭小羽皺著眉：「你接下來的台詞是不是『鄭先生您好，這裡是醫院，您的家人發生緊急車禍必須開刀住院，情況危急，請您於半個小時內匯款五萬元到醫院的指定帳戶，否則一切後果都由您承擔。』」

「您猜中了一半，您的朋友有緊急狀況，需要您……」

「哥們兒，對不住了，我父母雙亡，沒親沒故，也沒什麼讓你騙的，趕緊洗洗睡吧，立地成佛啊，別再騙人了！」

對方的聲量提高：「等等！您是不是有個朋友叫『素清』！」

在聽到「素清」這個名字時，鄭小羽全身沉睡的細胞全都以跳躍式的復活了，他一個鯉魚打挺地坐起來，對著手機恭恭敬敬地說道：「嘿！哥們兒！剛才對不住啊，小弟我……呸！孫子我嘴賤，得罪了您！您說，素清現在在哪兒？她怎麼了？」

「她現在在星星酒吧，你再不來……」

「行行行，我馬上到！」

星星酒吧，位於H城的不夜城，整條街都是酒吧，夜間繁華喧囂，紅男綠女們穿梭流連在各個酒吧，吵嘈的音樂聲、混和的酒精勾起人們內心蠢蠢欲動的曖昧，人們彼此不識，卻可以擁抱相吻，每個人都活在醉生夢死的當下，但此刻，整條酒吧的霓虹燈都暗下來，清潔人員打掃著空的酒瓶和垃圾物，街邊倒著醉得不省人事、衣衫不整的男女，鄭小羽皺著的眉擰得更緊，他疾步推開了星星酒吧的大門。

酒吧裡，雖然人已經散盡，但是酒精的氣味依舊懸在空氣中，如猛獸企圖攻擊鄭小羽。鄭小羽討厭酒，當年父親嗜酒如命，酒品又渣又爛，母親受不了離家出走，父親每次喝醉了就拎起年幼的鄭小羽懸在半空，鄭小羽哭鬧求饒，父親的拳頭像雨點一樣落在他的身上，打累了，父親睡著了，鄭小羽在暗夜和酒精中如受傷的小獸，以期盼長大舔舐傷口。父親的人生裡沒有未來，酒精是他最親密的朋友，有一天夜裡，父親喝得醉醺醺，抓起鄭小羽暴打一頓後就搖晃著出門，父親將馬路誤當作床，在路中央安穩沉睡，被疾駛而來的貨車壓過，再也沒有醒來。年幼的鄭小羽不知道什麼叫「死亡」，他以為離開就像是母親那樣，負氣而走，明知道這個世界還有一個名叫「鄭小羽」的孩子存在，但就是狠下心此後再不相見，甚至偶爾還會慶幸這樣的「死亡」，因為他終於擺脫被揍的噩運，鄭小羽覺得失去父母的自己並不可憐，但他在潛移默化中慢慢封閉了自己的感情，他從不輕易說愛，除了素清。

一個男人的聲音打斷了鄭小羽沉在心底的思緒：「你就是鄭小羽吧？」

「是！」鄭小羽神情緊張：「我家素清是不是惹什麼麻煩了？她年輕不懂事，沒關係，她惹什麼禍我都擔著！」

男人說：「你來了可就放心了，她整晚待在酒吧裡喝酒，誰都拉不走，就要等著你來，醉得不省人事了，居然還背得出你的手機號碼，我也該下班了。」男人指了指吧台，連連打著哈欠說道：「你趕快把她領走吧。」

鄭小羽連忙道謝。

一頭捲髮如海藻的素清趴在吧台上，她粉嫩的唇嘟著，白皙的臉龐上有黑色睫毛膏的淚痕，素清的拳頭緊緊攥著，對外界充滿了防備和警惕，鄭小羽上前抱她，她已經大醉，卻還是抗拒地發著尖叫：「不要碰我！再碰我我就報警！」

鄭小羽靠近她的耳邊輕聲說：「素清，乖，我是小羽。」

素清剛才緊綳的拳頭慢慢鬆開了，她把頭埋向鄭小羽的胸口，鄭小羽背起她，素清的眼淚落進了鄭小羽的頸，她呢喃著說：「小羽，他不要我了，我被他給甩了，甩了。」

「沒事啊，甩了你是他沒有福氣，不哭，乖啊，乖。」

鄭小羽背著素清回家，素清吐得厲害，她跪坐在衛生間的地板上，瘦長的手臂緊緊地抱住馬桶，吐完了又是一陣嚎啕大哭：「劈腿愛上別人，我都不計前嫌了，居然還跟我提分手！憑什麼要跟我分手！」

「他沒有福氣呀。」鄭小羽擰著溫熱的毛巾邊給素清擦臉邊說：「下回你不可以喝得這麼醉，一個男人，有什麼了不起，一定還有更好的等著你。」

素清抹掉眼淚，一本正經地看著鄭小羽問：「還能有更好的嗎？」

「一定會有的！」

素清接過毛巾，在臉上胡亂地擦著：「好，我信你！」素清站起來，搖晃著要走回房間，鄭小羽扶著她的身體，把她推進了廚房的餐桌前坐下：「聽話，喝口湯再去睡。」

「我不要我不要！」素清連任性的時候都這麼可愛。

「乖，喝一點，這是我特別為你煮的。」鄭小羽端著碗拿起湯匙，一勺勺地吹涼了，餵著素清喝。

湯散發著淡淡的清香，淡而不膩，素清被烈酒燒得灼熱發燙的胃此刻安份了，內心的空虛與不安彷彿也被這碗湯治癒，這一覺，素清睡到了晚上十點，醒來的時候，往日醉酒頭劇烈疼痛悶炸的感覺竟沒有半絲，素清翻了個身，發現自己處在一個完全陌生的環境，這是哪裡？她怎麼會在這裡？素清坐起來，看到床頭櫃上擺著的照片，照片裡的男人低著頭，只露出在陽光下的側身，他的側影與陽光划出的弧線，像是彼此區隔，一明一暗，像太極，而這張照片的攝影，正是素清。

鄭小羽輕輕推門進來，見素清坐著，他神情有些靦腆與羞澀，鄭小羽摸著頭：

「你，你醒了，睡得還好嗎？」

「謝謝你來接我，昨天喝掛了，完全斷片兒了，不記得我說了什麼，做了什麼，我……」素清睜著無辜明亮的眼睛：「我沒闖什麼禍吧？有沒有把你家弄得很糟糕？」

「沒有。」

素清抬起肩膀聞了聞，她閉上眼睛說：「好臭，我身上臭死了，你，該不會剛剛打掃好吧？」

鄭小羽故作輕鬆地笑著：「沒有啦，你很乖，沒有喝太多的酒……」

「我喝了很多杯的酒耶！至少也有二十杯吧！」素清抓起自己的頭髮又聞了聞，她一臉嫌棄地別過頭：「哇靠！好臭！我有沒有發酒瘋，有沒有亂哭，有沒有跟你抱怨？」

鄭小羽從衣櫃裡拿出T恤和毛巾：「這件T恤我買了還沒有穿過，不介意的話你可以先去洗個澡。」

素清一把抓過衣服，她快步走出房間：「不介意！」

鄭小羽提醒：「洗手間在右手邊！」

往左轉的素清快速退步轉進了洗手間，還不忘說了句：「謝謝你！謝謝你把照片洗出來還放大，你以後多曬點太陽，別總背對著，那麼帥！」

鄭小羽看向床頭櫃上的照片，素清給他拍的照片，他背對著陽光，身體與陽光形成了一個彼此隔絕的影像，素清不知道，拍照的那天，是父親的忌日，隨著日月的增長，鄭小羽開始明白死亡的真正意義，父親留給他的雖然都只是恐懼的記憶，但他還是忍不住想念他。

素清頂著一頭濕髮坐在沙發上，鄭小羽拿著吹風機，有耐心地為她吹乾了如海藻一樣的長髮，素清閃著明亮的眼睛問鄭小羽：「小羽，認識這麼多年了，你都沒有女朋友，你喜歡什麼樣的女孩呀？」

他喜歡素清這樣的，像花瓣一樣，綻放得嬌艷欲滴，素清似乎從沒有意識到自己有多美，她眼神清澈，笑起來的時候，濃密的睫毛彎彎的；笑的時候喜歡用嘴唇咬住手指，悲傷的情緒來得猛烈，哭的時候喜歡緊緊把鄭小羽抱著，讓他覺得自己被需要。還不等鄭小羽表白，素清突然用肩膀輕輕地撞著鄭小羽，素清那雙明亮的眼睛衝著鄭小羽眨了眨：「難道？你是？」

還有誰能如素清這等的冰雪聰明？鄭小羽的耳根滾燙，他鼓起勇氣想要向素清表白。

見鄭小羽臉紅，素清抿嘴一笑：「你是攻還是受？」

鄭小羽想解釋。

素清急忙打斷他：「不要說不要說，讓我猜猜，你每次都在我最需要的時候出現，疼我照顧我，這麼貼心又這麼溫柔，你把我當閨蜜是不是？你扮演的角色是女朋友？哇！我答對了是不是？」

「素清，我……」

素清的雙手捧住鄭小羽的臉，她嬌嫩的唇落在鄭小羽的臉上：「我，林素清，你，鄭小羽，今日正式結拜成好姐們兒，今日以吻定情，日後有苦同擔，有福共享。」說完後，素清閉上眼睛說：「你也親我一個，我們的儀式就成了。」

可以親吻素清，這個如花瓣一樣的女孩，是鄭小羽的夢啊，可今天卻是完全不同的劇情，鄭小羽停頓著。

素清偷看鄭小羽，見他毫無動作，她將臉頰往鄭小羽的臉上一湊，鄭小羽的唇親吻了她的臉頰，素清像孩子一樣手舞足蹈：「耶，我們以後就是好姐們了，小羽姐姐，請多多關照。」

喜歡一個人，跟著她哭，看著她笑，所有的情緒都來自於她，鄭小羽以何種身份去守護她，都變得不重要。

請鄭小羽多多關照的林素清，在失戀後共大醉了七回，每晚睡前，鄭小羽都祈禱手機不要響起，只要手機不響，他心愛的女孩就一夜無夢安穩到天明，他希望心愛的女孩，少流一點眼淚，因為顆顆眼淚都是從貝殼裡生生被挖下來的，鄭小羽覺得自己是盛放珍珠的貝殼，素清的眼淚落下，鄭小羽的心尖在疼。

每次背著酒醉的素清回來，鄭小羽都為她煮一碗醒酒湯，他多希望自己的湯有魔力，讓素清醒來的不再是對酒有依賴，而是對未來的愛情有期待。

第七次，素清從原本的嚎啕大哭變得沉默，她把自己瘦小的身體蜷縮在牆角，鄭小羽端著湯在她身邊坐下：「傻瓜，不要再讓你的睫毛總是沾滿淚水，淚水太沉，把我以前那個愛笑的素清都壓垮了。」

素清破例沒有讓鄭小羽餵她喝湯，她接過鄭小羽手裡的湯：「乾杯，乾了這碗湯，以後我一定會好起來的。」

喝完了那碗湯，素清安靜地摟著鄭小羽，這一次的淚，她哭得無聲，卻比之前的任何一次都更加委屈，素清瘦弱的肩每聳動一次，鄭小羽的心就痛一次。

如果這世間所有的悲痛都可以替別人擔，鄭小羽希望素清所有的傷痛他都能夠一肩擔起，但或許，也正因為自己擔不了，內心才會因為這酸澀的淚而一起傷痛難過，鄭小羽紅著眼眶，他輕拍著素清的背哄著她：「會好的，會好的，會好的。」

但是素清對鄭小羽的身份質疑過——

「為什麼每次都是我風風火火的戀愛，你都沒有任何動靜？」

「為什麼我每次失戀都會大哭大鬧，你難道就沒有失戀嗎？」

「為什麼都是你把我從酒吧裡扛回來，你也讓我扛一回唄？」

每次，鄭小羽都靜靜地看著素清，看著她那雙鹿一樣純淨的眼睛，他不敢承認自己內心懦弱，一如他不敢大聲告訴素清，他有多愛她。

素清又戀愛了，鄭小羽的心裡酸澀難過，他把陽台上晾曬的佛手收起來，或許，以後再也不會為素清製作醒酒湯了，然而素清的這場戀愛像是一場龍捲風，來勢洶湧，捲得他們的生活七零八落，素清流連於星星酒吧醉得不省人事，每次都只認鄭小羽，鄭小羽雖然心疼，卻樂於自己的存在，他把她從酒吧帶回來，把收在乾燥盒裡的佛手又一一擺放出來，為素清煮湯。

鄭小羽給素清煮的醒酒湯，佛手並不是湯的主角，但是佛手卻是最不易尋得，為了讓素清酒後可以舒緩一些，他在陽台上將佛手全都晾曬好了，妥善保管，只為了讓素清可以隨時喝到他親手煮的湯。

鄭小羽嫻熟的煮著湯，素清頂著她海藻一樣的長髮，醉眼迷蒙地靠著鄭小羽：「你圍上圍裙的樣子真帥，如果你不是姐們兒，我想我會日久生情。」

鄭小羽被素清的醉話驚到，他連連咳嗽，素清借著酒意起身，她緊緊地擁抱鄭小羽，兩個人呼吸急促，素清仰起頭閉上眼睛，濃黑的睫毛像是為鄭小羽關上了所有驚恐之門，鄭小羽緊張得雙手顫抖，素清的唇貼上來，輕薄柔軟的吻，勾起了鄭小羽心底一直渴盼的慾望，他緊緊抱住素清，從額頭親吻至耳朵，從耳朵到她的脖頸，他的吻落在素清肌膚的每一處，他們從客廳親吻擁抱，他們關上燈，他們回了房。

醒來的時候，天已經大亮，但鄭小羽的臥室用的是深灰色的厚重窗簾，遮蓋所有的光，素清赤裸著身體，她如海藻一樣的濃髮似乎還散發著大海的自由香氣，她頑皮地靠近鄭小羽的身體，她抿著嘴唇，眼眉挑著，露出一絲滿足又孩子氣的孩子，她潔淨的手指彈在鄭小羽的肌膚上問：「哎，你是不是一直都喜歡我，說你是姐們兒，是騙我的吧？」

被猜中心事的鄭小羽耳根滾燙。

素清又問：「我們這樣算是男女朋友了吧？」

鄭小羽在心裡深深地吐了一口氣，這是他最難也最不想面對的問題。

但素清想面對。

她希望自己可以跟鄭小羽更近一步的發展，她把發展的希望拓展進鄭小羽的生活，她換掉了鄭小羽臥室內厚重的窗簾，把房間昏暗的燈光全都換成了明亮色，她捧著新鮮的花插放在花瓶，她在陽光上擺滿了綠色的植物，她把為鄭小羽拍的那張隱於黑暗之中的照片收起來放進了抽屜，以素清的話：「這張照片是我拍的，我是不是就可以決定它可以在哪裡出現？鄭小羽，從現在起，我希望我是你的太陽，我要照亮你的生活，以後我要為你拍更多在光裡的照片。」

鄭小羽內心恐懼的記憶被攤曬在陽光之下，過去那些未能見得光的事情像是異獸般迅速離散，鄭小羽過去靠這些異獸撐起的自己頓時變得虛弱和憔悴，所以當素清捧著他的臉，讓他說他愛她時，鄭小羽的臉上竟流下了眼淚。不是終被愛情眷顧我等到你的歡悅，是擔心這一切是更大噩夢的眼淚。鄭小羽被自己的舉動嚇得亂了陣腳，但亂的還有素清。

「你不愛我？」素清一臉疑惑。

鄭小羽像是溺水者，沉在過往悲痛的往事裡，想開口卻發現自己活在過去。

「我再問你最後一次，你愛我嗎？」

愛，願意以自己的生命去愛。

但鄭小羽卻發不出任何的聲音，他的生命卑賤曲折，如一灘發臭的淤泥，他這樣的人，何以去匹配如花瓣般嬌嫩單純的素清？

素清哭得悲痛欲絕，但是鄭小羽覺得，素清的傷口都會隨著時間癒合，他不是素清第一個愛上的人，疼痛會有，但是陣痛期不會很長，很快，素清就會脫胎換骨般，迎來她的重生。

讓心愛的女孩歷經重生，鄭小羽悲楚難過，但他沒有資格去道歉和挽留，因為所有的傷，都是他給的。

素清又喝得爛醉，鄭小羽每晚都守在酒吧外，只是他的電話再也沒有響起，他每晚看著素清搖晃著身體上了計程車，他跟著素清搭乘的車，確認她安全回到家，懸著的心才稍稍落回來，但是巨大的愧疚和自責如同厚重的烏雲，重重壓住他，讓他喘不過氣，他沒有資格去奢求素清的原諒。

素清以往也失戀，但即使她痛哭委屈，爛醉如泥，醒來的時候都還有鄭小羽精心準備的醒酒湯，可是如今，醉酒醒來的素清，身體和心靈同時承受的劇烈疼痛，鄭小羽要怎麼幫助她？

鄭小羽把製作清酒湯的食譜發給素清，不久後，素清的朋友圈更新了，圖片是一碗沒有佛手的醒酒湯。鄭小羽看著圖片，哭了。他不知道素清是不是好了，是不是忘記了自己，但是他知道自己，越來越不好了。內心的巨大黑洞正一點點蠶食著他。

素清換了新的髮型，海藻一樣的捲髮剪短了，燙成了清湯掛麵的直髮，常用的玫瑰口紅換成了櫻花色，連衣著也從襯衫窄裙換成了有流蘇的文藝風，鄭小羽看著素清更新的朋友圈，他給素清留言，祝賀素清邁向新生活，素清回「新生活裡，不會再有你。」

鄭小羽自食苦果，是他親手把素清推出去的，鄭小羽想，只要你開心和幸福，做任何事情我都支持你，其中包括——祝福你愛上別人。

素清在鄭小羽上班的時間打電話來，素清問：「你今天有沒有安排？」

今天是素清的生日，鄭小羽把所有的時間都留給了素清，但他還是裝作不知道：

「今天加班。」

素清繼續說：「今天是我非常重要的日子，我想跟最重要的人一起過，你可不可以？」

他們在最純粹的時光裡陪伴彼此，卻也在難熬的情感中相愛相殺，素清離開的時候決絕，鄭小羽以為此生再也不會為素清過生日，只要素清願意，願意他能夠停留在她的身邊，他願意。

鄭小羽請假回家為素清準備生日大餐，牛排、紅酒、鮮花、禮物，門鈴響起，鄭小羽鄭重其事地打開門，以紳士的姿勢迎接他的公主，素清對著鄭小羽正式介紹她身邊的男伴：「我男朋友，阿左。」

鄭小羽看著素清，她清瘦了，海藻一樣的長髮被剪得乾淨利落，鄭小羽覺得那把剪刀剪去的不僅是素清的髮，還在鄭小羽的心頭剮了一道又一道的疤。他把素清傷得體無完膚，如今她帶著勝利的愛情凱旋而歸理所應當，這顆果實再酸澀難吞，鄭小羽也甘願。

鄭小羽看著阿左說：「你好，我是鄭小羽。」

「我前男友。」素清比他更落落大方。

鄭小羽說：「晚餐準備好了，但是真不巧，我公司還有事兒，我得回去加班，要不，你跟阿左吃好喝好？走的時候幫我帶上門。」

素清面無表情：「你家裡還有酒嗎？不介意我們在這兒喝一杯吧，還有，我如果喝醉了，今晚可以借你的床吧？」

鄭小羽答得乾脆：「沒問題，你們隨意。」

素清一臉惱怒推著他「那你就索性成全我，今晚別回來了！」

就在鄭小羽準備成人之美瀟灑退場時，他看到了阿左的手，那是一雙修長又潔淨的手，他身上所散發的文藝氣息足以令素清著迷，愛情的魔力改變了素清，從她開始把如海藻般的捲髮剪掉的那一刻開始。

素清愛上了別人。鄭小羽沒有資格去嘆息，他連挽回的勇氣都沒有，但他希望素清保留內心純真，不要在愛情裡再受到傷害，他做過一次混蛋就夠了，不能再讓別的混蛋傷害她，一如眼前的阿左。鄭小羽看著阿左的無名指，阿左的無名指有一道非常清晰的戒痕，見鄭小羽盯著自己的手，阿左的眼神閃爍不定，素清用手肘抵著鄭小羽，她提醒著：「你不是說要加班？你該走了！」

鄭小羽徑直走向阿左：「阿左是吧？我們聊聊。」鄭小羽的手搭上阿左的肩膀，半推半拉地將阿左推到了陽台上，鄭小羽給阿左遞了一支煙，阿左甩著長髮問：「你想知道什麼？」

鄭小羽的煙沒有點燃，香煙緊貼著鄭小羽的唇，他皺著眉說：「我們都是成年人了，不拐彎抹角了，你是不是已婚？」

「是又怎麼樣？」阿左倒是毫不遮掩。

「那請你滾遠一點，不要傷害她。」

「滾？難道你也愛她？」阿左言詞中充滿挑釁。

鄭小羽滿腔的憤怒如熊熊烈火被點燃，他把阿左推在牆壁上：「你已經結婚了還出來玩！素清看起來是你可以去玩的女孩嗎？你他媽的最好現在知難而退！」

阿左試圖推開鄭小羽，但他根本不是鄭小羽的對手，阿左雖然在力氣上吃虧，卻沒打算就此放過鄭小羽，他挖苦著：「你愛素清吧？那你為什麼不敢追她？寧願讓她跟我這個已婚的人混在一起，也不敢面對你自己的心！你說得對，大家都是成年人了，不用拐彎抹角，但就算我結婚又怎樣？素清對我還是死心踏地。」

「你他媽，混蛋！」鄭小羽壓低聲音：「我勸你，最好現在就跟素清攤牌，否則我把真相告訴她！」

阿左無賴地聳著肩：「你以為她不知道？拜託！她早就知道啊！但是她就是痴迷地愛著我，對了，她對我們的未來充滿期待，她還興奮的說要給我生孩子！」阿左挑著眉說道：「今天是她的生日，而送給她最好的生日禮物，就是把我送給她，你知道的，我要讓她閉上眼睛，我要親吻她水蜜桃一樣的嘴唇，我……」

「你這個混蛋！」鄭小羽憤怒的拳頭再次揮向阿左。

阿左倒在地上，陽台上的物品散落滿地，聞聲而來的素清看著鄭小羽，她問：「你到底想怎樣？」

鄭小羽急著解釋「這個混蛋想！」他欲言又止。

「他想什麼呢？」素清用她鹿一樣清澈的眼睛看著鄭小羽。

「這個混蛋不是好人！」

「你是好人？」

鄭小羽詞窮。

素清冷笑：「喂！鄭小羽！你到底算我的誰？我跟誰在一起？他是好人還是混蛋？他想要對我做什麼？這一切的一切，跟你還有什麼關係嗎？」

素清問得鄭小羽節節敗退，他惱羞成怒：「放下一個人，又要更迅速地愛上另一個人，這是你慣用的方式吧！我不是沒有看過，沒有看過你在愛情裡一次一次摔倒又爬起來的樣子……」

素清不甘示弱「對，這就是我在愛情中的樣子，我就是這麼快速的可以輕易放下！你不是我的誰，麻煩你收起說教的嘴臉，我完全不想聽也不想知道！誰更愛我，這件事情，我比你更清楚！」

「但是這個男人不值得你愛！他是個愛情騙子，難道你看不出來？」

素清突然笑起來，她看著鄭小羽問「騙子？是嗎？」

「他結婚了！」鄭小羽拉著阿左的手，他指著那道清晰的戒痕告訴素清：「你看！」

素清抬起頭，用她那雙清澈的眸看著鄭小羽：「所以呢？他結婚了，你讓我跟他分手，然後呢？我們倆繼續在一起，你會愛我？」

鄭小羽深嘆一口氣：「你為什麼把事情弄得這麼複雜？」

「你不愛我，卻阻止我去愛上別人？」

鄭小羽無言以對。

素清長而濃密的睫毛上掛著淚滴，她閉上眼睛，美麗的臉龐上多了一道清晰的淚痕，素清說：「鄭小羽！你算是我的什麼人？他結不結婚，手上有沒有婚戒，跟你有什麼關係？你不是沒有看過我每天醉生夢死？你不是沒有看過我傷心難過？但是看過那些傷口又怎麼樣？你不也照樣把我傷得傷痕累累？那才是你想要的，是吧？」

這當然不是他想要的！但是他要的，到底是什麼！他有資格擁有如陽光一樣的素清嗎？

「你愛我嗎？」素清問。

鄭小羽不敢說話。

素清哭得更慘烈，她上前捶打鄭小羽：「為什麼你可以這麼冷漠又絕情！我可以確定你不是姐們兒，你是愛我的！為什麼你不願意承認！為什麼！」

「對不起。」鄭小羽看著素清。

「我不要你的對不起！我要的是愛！我承認，我幼稚！我自私！我想讓你親口承認你有多愛我！所以我假裝愛上別人，我還故意讓他扮已婚，你三觀那麼正，一定會為了阻止我而承認你愛我，但是為什麼你始終把自己包裹在黑暗裡，為什麼你寧願道歉也不願意說愛我！」

原來阿左只是一個幌子，可是就算他現在認清了真相又如何？他還是不能給素清一份坦蕩蕩的承諾和愛。

鄭小羽不願意讓素清陷入另一片沼澤，鄭小羽自己就是沼澤。

他貪戀自己對素清的愛，當素清醉眼迷離走向他時，他一直設防的界限崩潰瓦解，他貪婪的往前邁了一步，迎合著素清的腳步，甚至比素清更加熱烈。

那天，他激吻她，關上燈，把素清帶回房間，後續的演變他完全可以料想，只是當時他意亂情迷，沒管將來，只管讓他們彼此歡樂又顫抖的當下。

他的貪婪，換來了素清更多的痛苦和眼淚。

此刻，素清的眼裡含著眼淚，鄭小羽無力地說道：「素清，放下我，我配不上你這樣的愛。」

素清安靜地，用那雙清澈的眸子看向鄭小羽，一字一句地說：「我真的，討厭你！討厭你剝奪了我幻想和擁有愛情的機會！討厭你這麼犀利！討厭你把愛情變得一文不值！你是誰！你誰都不是！」

素清用雙手捧住臉頰，待雙手再挪開時，她臉上的淚已經全部被擦掉，素清背對著他說：「鄭小羽，謝謝你今天的生日餐，以後咱們兩不相欠了，不再見！」素清頭也不回的跑了出去。

臨時男友阿左也看不下去，他拍著鄭小羽的肩膀，語氣無奈：「我看著你挺成熟的，可是怎麼就這麼彆扭呢，人家挺好一姑娘，一直苦等著你回頭，你都把我給揍了，代表你心裡有她，可是你……」阿左說不下去，他嘆了口氣：「唉，你真的把這個姑娘的心給傷透了。」

玄關的門重重的合上了，鄭小羽這才深深的吐了一口氣，連日來，他覺得自己溺在水中，缺氧嚴重，明明眼見素清悲痛，他卻無能為力，伸手的擁抱給得蒼白，愛的誓言躲躲藏藏不敢面對。

生活不是八點檔的連續劇，卻比連續劇更加狗血和措手不及，牛排、紅酒、鮮花、禮物安靜鮮活地存在著，可是在鄭小羽的眼裡，萬物都被蒙上了濃重的黑，他現在所能體悟的，除了胸口一陣陣抽搐的疼痛和滿腹的懊悔，再也無法盛放其他的感受了。

他是素清的誰？

在素清因為失戀而痛苦買醉的那些日夜，他除了陪伴，去酒吧將醉得不省人事的素清揹回來，為她煮一碗醒酒湯，為她吹乾頭髮，所能給的實在是微不足道。

鄭小羽口口聲聲稱愛素清，但他更愛懦弱的自己。

他把自己藏在懦弱包裹的血肉之下，只要觸碰就會血肉模糊撕心裂肺，他原以為這樣的方式可以護自己周全，讓自己平安苟且的渡過餘生，但是面對素清的時候他全盤皆輸，他因為怯懦始終不敢向素清坦白心意，仗著素清愛上已婚男人的劣勢，在她好不容易緩過來的當口又給她重重一擊，當他得知阿左不過是假扮男友來逼他承認自己深愛素清，他又開始逃避卸責。

從幼時起，他的心裡一直存在的巨大傷口已經潰爛，像一個黑洞，吞噬鄭小羽內心對於愛情及美好的所有期盼，縱然他喜歡素清這樣的，像陽光一樣照耀著他的女孩，他也不敢再往前一步。

他在走往素清的道路上，設下了關卡和戒防。

他的陽光走了，以後的時光裡，他再也不能再遇見像素清這樣的女孩，他此刻才感到自己的心尖上滴著血，比在凌晨時分接到素清醉酒疼，比素清愛上別人疼。

在遇見素清之前，他一直站在搖搖欲墜的懸崖邊緣，隨時準備一躍而落，這對他是種解脫和救贖，愛上素清後，他開始心存僥倖，以為自己能夠倖存，但他始終活在陰影之下，即使陽光就在身旁，他還是選擇從懸崖上掉落，摔得粉身碎骨又如何，因為他根本也配不上那個嬌媚如陽光一樣的女孩。

在甘願自我摧毀之前，他鄭重其事地給素清寫了一封信，信寫得很長很長，信中寫了鄭小羽童年悲痛的往事，他被冷漠的母親拋棄，被醉酒的父親施暴，甚至被父親的同事奪走了童貞，他慘烈悲苦的年少時光，時隔二十年的光陰，在紙筆敘述時仍讓鄭小羽渾身顫抖淚流滿面，父親最後對他施暴的那一天，他又再次遭到父親同事的蹂躪，那是一個戀童癖的醜陋男人，鄭小羽懼怕他，他想要求得父親的關心，當他把真相告訴父親的時候，醉酒的父親用手用力的掐他的臉頰，還用煙頭在他的手臂上燙下一個個鮮紅的烙印，鄭小羽內心對萬物充滿了絕望，父親喝醉了，搖晃著走出門，以往鄭小羽都會用力地拽住父親的胳膊，拚命將他留在家裡，但是這一夜，他沒有，他揣上家裡的鑰匙，緊跟父親身後，當他看到父親橫穿馬路，他站在原地冷冷地看著父親，看著父親尋到一塊寬敞之地，看著一輛貨車疾駛而來，看著父親的身體被貨車碾過，看著一輛輛的車疾駛而來，父親變成一灘紅色的肉泥……年少的鄭小羽，嚇得不知所措，他又哭又笑，複雜的情緒全都揉在一起，血肉模糊的如同父親，他內心的黑洞存在並不斷擴大延伸，他獨自攀上生命的懸崖邊緣，隨時等待縱身而躍，他再也不敢面對陽光，即使是生命中出現了摯愛的素清，他也只敢躲在黑暗中，包裹身心，不敢洩露自己的情緒半分。

他曾經以為自己可以走出黑暗，在面對素清那晚的擁抱時，鄭小羽比想像中更加熱烈，那是他渴盼並嚮往已久的，但是這份熱烈卻來得短暫，甚至把他最愛得人傷得更深。

是時候，做個了斷了。

鄭小羽把信件和一箱佛手寄給素清，他要與過往告別，他不期盼得到素清的原諒，但是他希望自己帶走所有的陰影和傷害，還素清一片充滿陽光的未來。

素清收到鄭小羽寄來的信，信中寫給自己的話只有三個字「對不起」，附上一箱曬乾的佛手，素清看著佛手，她知道自己永遠失去鄭小羽了，以後，她或許還是會在愛情裡跌撞，迅速愛上別人，又迅速讓自己在酒吧買醉，但是，她再也喝不到鄭小羽親手為自己煮的醒酒湯了。

鄭小羽沒有把那封躺滿自己成長悲痛過往的信件寄給素清，隱晦的黑暗由他一人承擔就夠，素清在喝完那些佛手製作的醒酒湯之前，一定會振作堅強遇到更好的人。因為被他這樣激烈傷害過，未來的素清，在又遇到一份愛情時，會拿自己當作混蛋的範本，只要比鄭小羽好一點點的，都會是更好的男人。

鐵軌旁，鄭小羽看著滿天的星空，慢慢閉上眼睛，他的身邊放著一張照片。照片裡，他背對著陽光，身體與陽光形成了一個彼此隔絕的影像。

飛速奔馳的火車轟隆隆的駛來，鄭小羽默背寫給素清那封未能寄出的的告白：

「我愛你，我從未如此的深愛過，因為深愛，願意奉獻出我的全部，乃至生命。我愛你，你召喚出了我生命中最純真的自己。我愛你，只有你，穿越了千萬里的乾枯田地，抵達我內心的靈魂曠野，如同陽光穿透了水晶一樣的容易。我愛你，你看得到我的傻氣，探得到我的弱點，讓我看到了自己。我愛你，你把我殘破的軀體一點點縫補起來，讓光可以照進來。我愛你，把腐朽的、不甘的一切都回歸了我自己原來的樣子。我愛你。」

♥「我愛你」醒酒湯

用料：木耳、佛手、瘦豬肉、薏仁。

製法：將瘦豬肉切絲，同木耳、佛手及薏仁加適量清水，文火熬煮，待佛手煮到軟爛後，將佛手撈出，加食鹽等調味即可。

功效：可以緩解酒後胸中悶痛，疲倦乏力等症狀，改善心悸易寐。

最好的時候想停下來

座落在墨爾本的中式餐廳，門口是潺潺流動的轉動式石磨，室內裝潢以原木及大紅燈籠結合，餐桌上擺放著中國花卉——牡丹，這是蔣缺母親生前最愛的花，每位客人入席後，都會有服務生在旁奉茶，茶具皆是牡丹的清雅設計，餐廳裡瀰漫著茶香，中式的餐具擺放頗具特色，醋和醬類放在客人隨手取得之處，溫酒的器具則和羹湯擺放同一側，上菜的秩序也特別講究，每一道菜的名字、別名、食材的選用及如何食用都由服務生詳細解說，琵琶的背景音樂緩緩而來，金髮碧眼的食客們笑得開懷，餐廳內最吸引的，是在開放式廚房內，圍著圍裙未施粉黛卻清新脫俗的中式餐廳創辦人及料理主廚蔣缺。

在國外，創辦中式餐廳的人不勝枚舉，而在眾多家脫穎而出並獲得米其林三星殊榮的，只有蔣缺。這幾年來，她的中式餐廳不斷擴展，而快速擴店讓蔣缺的魅力不減反增，擁有高知識及高品味的蔣缺在世界美食圈享有盛譽。

一雙丹鳳眼，眼角長長的，她安靜沉默的時候擁有獨特魅力，她的眉細長，眉毛濃密，做事的時候專注也投入，餐廳內點好的菜單隨設計的滑軌推動進到廚房，蔣缺只消一個瞄眼的動作，雙手嫻熟的取得她要的食材，大火烹煮，炒鍋離火後擺盤裝飾，一氣呵成，她在工作的狀態時神情嚴謹，卻在教導新人時展現耐心，新人手裡捏著一塊薑不知所措時，蔣缺也挑了一塊薑，將薑剖成片再切絲，教導細緻，毫不馬虎，而只有在這一刻，她緊繃的嘴角才會浮現淺淺笑意，蔣缺淺笑時，嘴角的梨窩若隱若現，她是中式餐廳創辦的靈魂人物，年紀輕輕卻對中式料理的火候拿捏恰到好處，對中式菜的「色、香、味、意、形、養」特色都做到最完美的詮釋，而關於蔣缺的身份，所有的媒體可以追溯的只有在她創業後的故事，神秘的東方色彩為蔣缺添了另一個身份「謎一樣的東方女神。」

開放式的廚房前突然貼近了兩個黑衣男子，一個短髮的女人被護在其中，蔣缺回頭，與女人四目相望，女人朝蔣缺揮手，蔣缺原本浮現在嘴角的淺笑瞬間冷卻，短髮女人的出現沒有讓蔣缺錯愕，反倒如一股沉積身體裡的不安在此刻緩緩舒出，她把滑軌上的菜單分配給其他同仁，低語交談了幾句，將身上的圍裙解下後從廚房的另一側推門而出，短髮女人對這間餐廳熟門熟路，見蔣缺轉身離開，她快速走往用餐區的另一條秘密通道，與蔣缺會合在餐廳的後門。

中式餐廳的後門緊臨公園，依稀可以聽見孩童的笑聲，蔣缺喜歡孩子，可是此刻，蔣缺眼前有太多的問題需要跨越和解答，這幾年來她努力奮鬥，讓自己站上高峰，爭取被看到的機會，就是為了讓這個女人甘願出現在她面前，蔣缺必須收住所有的善與悅，她看著短髮女說道：「你終於來了。」

短髮女看著蔣缺，語氣裡是討好的關切：「小缺，好久不見。」

「好久不見？不，張麗，其實這幾年我發生的任何事情，一件你都沒有落下，任何事情都處處使力刁難。這間餐廳你來過不下五十次吧？只是每次都躲在背後不敢示人，派人惡意評價及找人舉報更是百次之多，我旗下的分店，你使的絆子多到數不過來了。」

張麗故作鎮靜：「小缺，你對我的成見太深了，我怎麼可能會這麼傷害你？」

「以你張麗現在的人脈地位，你是否出現以及派人惡意評價我是可以弄錯的，甘願替你揹這些黑鍋的大有人在，但這條通道兩週前我才找人開通，連我走起來都還不算熟悉，但是你卻駕輕就熟，我只輕輕推了一扇門，你就已經知道我要走往何處？」

張麗的手不自然地撩撥頭髮，蔣缺太熟悉這個動作了，當年母親病重，父親整天在公司忙碌，年少的蔣缺跑到公司找父親，在父親的辦公室看到衣衫不整的父親和張麗時，蔣缺質問父親，張麗到底是不是像傳聞中所說的是介入父母婚姻的第三者，父親當時沒有說話，張麗撩撥頭髮為自己辯解，蔣缺當時竟還相信了張麗的話，直到母親和男友潘明都死於非命，蔣缺才看清這個女人的真面目。

張麗撩撥頭髮說道：「小缺，我們好不容易見面，我知道你對我有成見，我不想為自己過多解釋，時間會還給我清白的，倒是你，你又瘦了，事業做得還可以，算是成功吧，但你身為蔣氏集團的千金，創業這種事情不要撐著，要不這趟回去，我再跟你父親商量一下，看看能不能讓你回到集團工作？」

「如果不是我如今成功？被更多的人注意，你應該永遠都不想對外承認，蔣氏還後繼有人吧？」

張麗的臉色陰沉著。

蔣缺看向兩個黑衣男人說：「我有事情要跟張麗說，你們在場，我無法保證你們事後會不會被要求封口？或者直接掌握你們的生死大權，我不想成為間接的劊子手，不想手上再沾著無辜的鮮血，你們先避避吧。」

張麗眼神閃爍游離：「小缺，我做事向來光明磊落，什麼封口？什麼劊子手？他們沒有必要避開。」

張麗行事狠辣，過去所有的事情都水過無痕，蔣缺身邊沒有人證物證可與張麗抗衡，只是如今張麗竟對身邊的這兩個人絲毫不懼怕？蔣缺的心裡有點慌，這意味著張麗在蔣氏扎的根深蒂固，除了對蔣缺的存在稍有忌憚，其他恐怕早已不放在眼中。

蔣缺唯有順計而行：「既然你這麼光明磊落，我就想問一句——『你還記得潘明嗎』？」

「潘明」這個名字一出，張麗的眼神恍了一下，她吞咽一口口水，故作鎮靜的說：「沒聽過。」

「潘明，我男友，我媽的後事是他全權處理，你對他應該不陌生吧？」

張麗雖然故作鎮靜，但是眼神裡的慌張更重了，她急忙解釋：「你母親離開很久了，當年你有沒有交男朋友我都不知道，怎麼可能知道潘明這個人是誰，再說，那時候我剛進集團，跟你們所有的人都不太熟。」

「不太熟，卻可以痛下殺手！當年那場車禍的死亡者原本不該是潘明……」蔣缺故留伏筆觀看張麗的反應。

包裹在張麗華麗外衣的那些淡定與鎮靜逐漸瓦解，她的神情變得猙獰，蔣缺不敢大意，揭露自己悲痛往事之時，她越是沉著淡定，對手越會心虛露出馬腳，蔣缺又問：「你還有一次機會可以選擇，你身邊的這兩位，避還是不避？」

張麗輕咳了一下，左右兩側的黑衣男心領神會，兩人同步調的迅速離開戰場。

黑衣男退了，蔣缺的心卻更沉痛了。此刻的張麗撕下偽善的真面目，蔣缺如一艘孤帆，頂著飈風也要奮力往前，只有往前，她才能夠揭發真相，讓更多的人看清張麗面具下的醜陋野心。

眼見黑衣男消失在視線，張麗的眉眼間變得銳利，但是她依舊有防備，故意跟蔣缺套近乎的說道：「小缺，你別以為我把他們支開，是對你的話題有所忌憚，我是想提醒你，別把關心你的人全都推遠了。」

「對，你是關心我的人，關心我什麼時候可以死去，只有這個叫蔣缺的人死，你過去昧著良心做的那些事情才能夠像土一樣被掩埋起來，你是這樣想的，是吧？」蔣缺話鋒一轉：「但是，就算我死了，也要拉著你一起陪葬！」

「蔣缺！」張麗靠近蔣缺：「你別仗著現在還流著蔣家的血就得寸進尺，我再次警告你，不要亂說話。」

蔣缺不懼怕她的威脅：「你的狐狸尾巴早晚都會露出來的！」

「小缺，你到底想做什麼？」張麗的聲音無比高亢。

「我要揭發真相，我要讓所有的人看到你真實的樣子！你處心積慮想要除掉我，不惜製造一場假車禍！」

「然後呢？」

「你想製造假車禍的事被潘明知道了，他知道你絕對不會放過我，為了救我，他願意成為那具焦屍，而你只想讓我的名字從這個世界上消失，對自己的計劃胸有成竹，你們沒有確認身份就宣佈我死亡了。」

「小缺，這樣對我有什麼好處？」

「少了我這個蔣氏集團繼承人的身份，你的江山基石才會穩固，未來才能夠得到更多你想要得到的！」

「小缺，我瘋了嗎？明知道自己是個殺人犯的角色，還敢冒著被揭發的風險出現在你面前？小姐，你知不知道這要人命的？」

「在巨大的利益面前，你必須冒這個風險！」

蔣缺沒有給張麗繼續說話的機會，蔣缺說：「當年我大難不死，必須委曲求全為自己討一條生路，我逃得非常狼狽，而你篤定的認為我已經死了，你掌握蔣氏集團萬無一失，你從來也沒有想到被你斷定『死』的人某天會在電視裡復活？我創辦的中餐廳成為墨爾本的新地標，新聞媒體都在報導我如何透過勤奮的努力讓自己贏得掌聲，股東們不再從你的嘴裡聽到對我的描述，我不再是當年為母親之死而負氣離開或是自殺膽怯的人，即使你對媒體封鎖了我過往的所有經歷，盡量不讓別人發現我與蔣氏有分毫瓜葛，可是張麗，你知道自己無法隻手遮天，不僅是蔣氏股東，包括父親也看到了我，你不能任由事件發展，幾次派人想解決我，可惜都沒有成功，如今蔣氏集團的眾股東聯合要求我必須出席股東會議，否則將會投票拔除當今的股東主席，也就是您，張麗女士，這才是您千里迢迢不負使命出現的理由，我說得沒錯吧？」

張麗對蔣缺並不陌生，十多年的時光裡，她給蔣缺的評價只有「柔弱」二字，即使當年她硬闖進她父親的辦公室撞見張麗與蔣父的不倫，她也只是咬著嘴唇一臉倔強的離開。為了讓自己在蔣氏集團的位置更加鞏固，張麗的確費盡心機，她以計謀逼退了蔣缺的母親，甚至在那個可憐女人生命彌留之際也沒有放鬆警惕，蔣缺母親的離世，讓張麗鬆了一口氣，這奠定了她在蔣氏集團不可被取代的位置，當年那個弱小的蔣缺雖然不是她的眼中釘，但至少也是一個障礙，除去這個小女孩易如反掌，然而她還是輕忽了，當年一個疏漏，只想在車禍發生後盡快清理現場，沒想到蔣缺的小男友卻願意替她去死！直到數年後，她聽聞蔣缺還活著的消息，張麗從那時候策劃再度除去蔣缺，只是蔣缺行事小心又身處國外，除掉她不再是一件易事，才會讓原本穩當的計劃一再脫軌完全不受她的控制。如今的張麗再看蔣缺，當年那個柔弱的小女孩全身的羽毛豐翼，反擊的時候毫不費力，一切都行雲如水，蔣缺越是平靜的胸有成竹，張麗的心越是慌得厲害。

張麗強裝淡定：「小缺，有什麼問題，我們回去說。」

張麗此行來，雖不甘願，她也深知此行為下下之策，但為了在這下下之策中求得一線生機，她還是要冒險一試。

蔣缺知道張麗必定會為了自己的未來再冒險一次，為了穩固蔣氏的江山，為了誘惑蔣缺回去，這趟墨爾本之行，她必須來。而張麗的出現，也獲得了蔣缺想要的，她這麼多年來不懈的努力，爭取被各界看見，為的就是等張麗的這一句——「回去。」

這些年來，為了讓自己順利回歸蔣氏集團，蔣缺花功夫苦學廚藝，讓自己立於巔峰，她要的不僅是被看見，還要被重視的看見，她要讓所有的人一洗之前對她所有的評價和偏見，同時，因為她立於巔峰，她存在的必要就顯得無價與高貴，除了張麗，沒有人敢把蔣缺的回歸與搶奪蔣氏集團捆綁在一起，以她今時的地位，要獲得擁有與蔣氏集團同等的財富不是難事，但蔣缺要把原本屬於她的，全部，拿回來！

升。

蔣缺要高端的站立著，讓所有的人都認為她心無旁騖，她勝算的機率才能大幅提升。

早在張麗來的前兩週，蔣缺就已經把餐廳的事宜交辦妥當，她搭著蔣氏集團的私人飛機抵達D城。

這些年，蔣缺輾轉去過很多城市，但對D城一直有情懷，這座盛滿她愛與恨的城市，她該投以怎樣的心情再度擁抱它？

剛下飛機，張麗向隨行的保鏢使了個眼色，隨即又看著蔣缺說道：「你一路奔波，我想你也累了，等你休息妥了，我再跟你父親還有眾多股東安排幫你接風。」

「我要回家。」

張麗拒絕得決絕：「小缺，這不是我的安排。」

「你說的話，我不會聽，我要回去。」

張麗沒有繼續堅持，她揚了揚眉：「好，隨便你！」

車子駛上快速道路，蔣缺的心跳得厲害，她睽違故土多年，D城已是一個霓虹繁華的不夜城，城市變了，那父親呢？家呢？

家還在D城的山上，順著蜿蜒的山路直達山頂，眼前的視野開闊，一種熟悉又陌生的氣息迎面而來，熟悉的是沿途走來的風景，除了樹葉更加繁盛茂密，山路與記憶裡的樣子並無落差，但陌生的是眼前的房子，母親還在的時候，蔣缺的父母在山頂的這片土地上只蓋了一棟兩層紅磚洋樓，前後的空地是寬敞花園，花園裡種滿了母親最愛的牡丹，品種多達百種，每到花期，庭院中的牡丹飽滿綻放，有獨特的色彩之美，空氣中散發著一股清幽的氣息，蔣缺至今仍無法忘卻那樣的時光，無法忘卻的更重要的原因，在那樣的時空背景裡，父親對於母親是呵護疼愛的，他給予她們母女最好的一切，無私，溫暖，熱情……

眼前急促擁擠的設計讓蔣缺的思緒回到現實，車子駛入庭院，原本廣闊的花園消失無蹤，數百種的牡丹被拔除，花園空地全都是平地而起的建築，見證蔣缺出生直至少年的紅磚洋房被荒棄，它被吞在夜幕中，露著殘敗的寂寥。

蔣缺注視著紅磚房，淚水不設防的噙滿了她的眼眶，張麗的高跟鞋聲音逐漸遠去，蔣缺深呼吸，噙在眼眶的淚水被她生生吞了回去：「媽媽，潘明，我回來了，過去她欠我的，我都會，一一拿回來！」

蔣缺的耳邊，卻連一陣風都沒有，以前的空曠被建築物擁擠的塞著，蔣缺皺了皺鼻子，往新的建築方向走去。

新的建築採粗獷風，外牆是造型不一的大理石，顏色不夠協調，但是光效十足，這不是父親的審美觀，跟張麗表裡不一的矛盾個性倒十分相像，只是蔣缺現在對於這些也無暇觀望，她只想盡速見到父親。

從玄關步入客廳，蔣缺每走一步，都可以清楚聽到自己的心跳，時隔多年未見父親，他是否還記得自己？第一句開口要說什麼？在這樣的場景中急促的見面會不會不妥？蔣缺想完這些搖了搖頭給自己加油——「小缺，你可以的，把失去的全都拿回來，這一步，你必須要踏出去！」

父親背對著她坐在餐桌前，他的背單薄了很多，即使如此，他還是努力的挺直著背，他的頭髮稀疏花白，握著湯匙喝湯的速度極其緩慢，蔣缺剛才在外面看著紅磚房而克制的眼淚此刻瘋狂地掉下來。她對父親極度失望過，對這個世界也是，這些年來，為了重回D城，蔣缺只有躲在自己築造的如銅牆鐵壁的角落裡哭，面向外界，她的情緒始終都是平緩的，但蔣缺自己知道，她那些儲備過剩的情緒只是暫時安放的，那些複雜的情緒如同不定時的炸彈，只有靠蔣缺的理智一次次的壓制它們，將它們保持在平衡點。

父親聽到聲音，頭也沒回就叫道：「麗，你回來了，快來坐，我讓阿姨給你熬了燕窩。」

蔣缺用手捂住了即要崩潰的嗚咽聲。

父親的聲調略略抬高了，但是聲音裡難掩顫抖：「怎麼啦？不合胃口呀，你說你，這趟差也不是非出不可，非要去什麼墨爾本……」

蔣缺正想快步往前叫一聲父親，就見換好便衣的張麗快速跑向父親，張麗低著頭往父親的胸前蹭了蹭，一臉嬌媚地說：「這差還真是非出不可，而且只能我去，才能夠把問題給解決了，親愛的，你讓阿姨準備燕窩，要請阿姨準備兩份了！」還不等父親問話，張麗把父親坐著的椅子轉動正向著蔣缺：「建華，你看看，誰回來了！」

父親蔣建華在蔣缺眼裡自來都是帥氣瀟灑的模樣，獨自從偏遠山村來到大城市工作打拚，吃苦耐勞，窮小子愛上嬌千金，父親與母親相識相戀，過程雖沒有盡顯大起大落，但也頗浪漫，婚後，父親憑借母親一家在城市中的影響力，接管了母親原本的家族事業，並更名為蔣氏集團，他雖不是白手起家，但是做事雷厲風行，讓蔣氏集團迅速崛起，在D城佔有鰲頭之位。

離開家的這些年，蔣缺無一時刻不在關心父親的動態，最後一次在媒體前見到他，不過也就一年前，蔣建華宣佈交出蔣氏集團的管理權，未來所有事務交由太太張麗代為打理，此後再也沒有露面。

父親的頭髮稀疏花白，那雙如鷹一樣的銳利眼神耷垂著，多了和藹的謙和，他的眉幾近全白，但是最讓蔣缺震驚的，是張麗轉動著父親椅子的瞬間，蔣缺這才注意到，父親坐著的不是餐椅，而是輪椅，父親的腿上蓋上厚重的毛毯，輪椅的一側繫著導流管，袋子裡全是渾濁的血。

蔣缺扁了扁嘴巴，剛叫了一句「爸」就哭得潰不成軍。

蔣建華的眉頭微皺，他清了清喉嚨，望向張麗：「你這趟出差，就為了把這個沒感情的東西找回來？她現在的身份了得哇！洋人都得捧著她，這樣一尊大佛，我這地方怎麼放得下，讓她走，別影響了我吃飯！」

蔣缺怔在原地，難道把自己找回來不是父親的意思？

張麗拍了拍蔣建華的手：「你真是，自己的孩子被別人捧成一尊佛有什麼不好？是，她是沒有感情，這些年來都不給您捎個信兒，就顧著自己快活了，是挺不懂事的，我見面的時候，她也鬧情緒，不太想回來，但是我這趟去，就沒打算空著手回來，勢必得把她帶回來的，你是不知道，股東會的人現在想見你見不到，揚言必須見到蔣家的人，小缺的曝光度在這一兩年又特別頻繁，股東們也想見見蔣氏的這位小接班人吶，我把股東會的事情跟小缺說了，她就算再不懂事，這些顧大局的事情她還是得照顧到，人我都給請回來了，你就別鬧情緒了。」

蔣缺知道張麗居心叵測，對她所說的話早就沒有信任可言，但是父親的態度她不能不顧，蔣缺又叫了句：「爸。」

張麗揮了揮手，她走向蔣缺輕聲說：「小缺，我剛才就提醒過你，請你先在外面住，可是你偏不聽，你看你爸現在這樣子，也經不起激，你如果真愛他，就懂事點，先出去。」

蔣缺此趟回來，除了要拿回屬於她的一切，更重要的一件事情，就是要確認父親的安危，眼下她看到父親的身體狀況，怎麼可以無動於衷的出去？

她瞪了張麗一眼：「我拜託你也懂事點，看在爸曾經為你拋家棄女的份上，在這時候不要再煽風點火。」

張麗的音量拉高了：「小缺，你怎麼好壞不分！是，我的確沒有資格跟你說教什麼，但是你怎麼可以這麼說你的父親，什麼『拋家棄女』！」

蔣建華氣得連連咳嗽：「你多少年沒回來了，一回來就吵個沒完沒了，我不想看到你！」

張麗見狀趕緊接話：「小缺，你爸半年前中風，生了一場大病，身體一直不見好轉，醫生一直讓他注意情緒，你可別再激怒他，他不想你回來住，我讓司機送你！」

司機不知道從哪裡跑過來，拉著蔣缺就往外走：「小姐，請！」

蔣缺知道此刻不能離開，一旦離開，她就再難有理由和藉口重回蔣宅，可是父親已經下了逐客令，張麗的煽風點火起了作用，蔣缺懊惱至極，她原本以為一切順利，沒成想卻把自己推入了死局。

張麗朝司機使了個眼色，司機準備強拉蔣缺離開。

蔣建華生氣的搖晃著輪椅：「你這個沒有感情的東西，吃什麼吃！今天不準吃飯！你回房間！關禁閉！什麼時候想通了再給我出來！」

張麗一臉錯愕，她茫然的不知如何接話時，蔣缺已經被管家孫媽領著回了房間。

蔣缺的房間。

孫媽緊握著蔣缺的手，老淚縱橫：「小姐，你總算回來了！蔣先生這些天日日夜夜都睡得不安穩，就盼著你回來！還好，你一下飛機就直接回來了，我們都擔心你會被張麗直接安排進酒店，你知道嗎？你一天不踏進這家門，你們父女間的對話就永遠得靠張麗那個傳聲筒，傳聲筒是壞人啊！已經徹底壞掉了！」

蔣缺倒吸了一口冷氣。

她一直以為自己做了萬全準備，在氣勢上也盡可能的壓倒張麗，但是萬萬沒想到，還是險些落入了張麗安排的陷阱，一想到剛才的逆轉，蔣缺忍不住拉著孫媽問：「這是爸的安排，是不是？」

孫媽連連點頭。

蔣缺的心裡有十萬個為什麼等待被解答？父親為什麼會這樣？他還有哪裡不舒服？他是不是被控制了？張麗如今在蔣氏扮演著怎樣的角色？她可以做些什麼？

還不等蔣缺開口，孫媽警惕的將食指放在嘴邊，朝蔣缺做了一個「噓」的動作。

下一秒，蔣缺的門被用力推開了，張麗一臉怒氣地衝進來，言詞犀利的指責孫媽：「你今天出現得挺及時啊！還想在這裡繼續待著嗎？是不是想收拾鋪蓋從這裡滾出去了！」

孫媽低頭小聲說：「太太，我什麼也不知道，小陳臨時有事來不了，她托我今天幫她代班。」

「我會把你的心挖出來，看看你是不是真的什麼也不知道！」

蔣缺想回應張麗，孫媽的手突然搭在蔣缺的手上：「我先回去收紅燒肉的滷汁，要是滷汁壞了，蔣先生該生氣了」。

蔣缺的心一驚，孫媽慌慌張張的跑了出去。

張麗還想說話，蔣缺伸了個懶腰：「我現在關著禁閉，哪裡都不能去，可不可以拜託你給我一點私人時間，我好累！」

「明天早上十點，你要進集團開股東會議。」

蔣缺點點頭。

「還有，你看到你爸現在的身體狀況了，也知道他現在對你的態度了，如果你再激怒他，就不是關禁閉這麼簡單了，我難保你下次會不會被他直接趕出去。」

蔣缺朝張麗翻了白眼：「他趕不趕我出去是後話，現在，請你從我的房間裡，滾出去！」

張麗臉色大變，悻悻然地離開房間。

張麗剛走，蔣缺立刻換衣服，她小心翼翼地沿著房間走，順利地躲過張麗，進入了蔣家的廚房。

孫媽見蔣缺進來，她紅著眼眶迅速交待「小李會試著把電線的電路切斷，張媽會帶蔣先生過來，但是現在蔣家全部都是張麗的眼線，你跟蔣先生說話的時間不多，小姐，你的時間不多，最多只能三分鐘，千萬不能讓張麗起了疑心，否則你們下次再對話就更難了。」孫媽說完，眼淚簌簌地往下掉：「小姐，你終於回來了，老天有眼啊，你平安回來了！」

蔣缺還來不及掉淚，房間已經陷入了黑暗，父親焦慮又急迫的聲音在她耳邊響起：「小缺！」

蔣缺的眼淚瘋狂地掉下來，黑暗中，她緊緊握住父親的手：「爸，對不起，我回來了，對不起！」

黑暗中，父親的聲音裡也夾帶著哭腔，他竭力保持冷靜：「孩子，聽我說，你現在是蔣氏唯一的希望，明天你回集團開董事會，結束的時候，就是她要對你動手的時候，在墨爾本，她拿你沒有辦法，但是在D城，解決你輕而易舉，她今天沒有動手，是因為你在明天還有利用的價值，孩子，明天在股東會的時候，不要接受任何的的建議，不能有任何的決策，沒有答案，你這個『答案』就有了必須存在的意義和價值，否則……」父親重重地握了握蔣缺的手，哭意更濃了：「對不起！」

蔣缺的眼淚一直沒有停止。

孫媽在一旁催促：「她在找人了，趕快走！」

燈亮了，蔣缺的手心空了，父親已經不在眼前，整幢樓像炸開了鍋，人影攢動，孫媽緊張的催促蔣缺趕快回房。

蔣缺剛回到房間，情緒還沒緩和，急促的敲門聲像一紙催命符，蔣缺走過去打開門，只見黑衣保鏢已經拿著備用鑰匙準備開門，張麗在門口一臉慌張，她朝黑衣人努了努嘴，黑衣人立刻衝進房間「找人」。

蔣缺裹緊浴袍，頭上還殘留著洗髮水的泡泡，她看著張麗：「你發什麼神經，拍電影嗎？這都幾點了，帶著這些人衝進我房間，合適嗎？是！我現在是關著禁閉，沒有說話權！但是你今天必須告訴我，你又在玩哪一齣！張麗！你再這麼鬧，我現在就回墨爾本，什麼狗屁的股東會，姑奶奶我不去了！」

黑衣人從房裡走出來，朝張麗搖了搖頭，張麗原本還繃著的臉立刻揚起了笑意，張麗解釋著：「最近這一兩個月也不知道怎麼了，總跳電，你剛回來，我不是擔心嚇著你嘛！如果嚇到你了，對不起。」

「虧心事做多了，擔心鬼來敲你的門吧！」蔣缺說完，重重地摔上了門。

張麗在門外發出怒吼，蔣缺的身體緊貼著房門，直到確認張麗等人離開，她才長長的吐了一口氣。

蔣缺解開浴袍，裡面還是T恤加牛仔褲，她從廚房衝回房間已經滿頭大汗，眼眶滿是淚水，張麗隨即趕到大力的敲門，若不是她靈機一動，巧妙地偽裝自己，怕是未來再也沒有辦法跟父親對話了。

張麗雖然在蔣建華身邊多年，但是她從來不知道蔣建華和愛女蔣缺常玩的遊戲

——捉迷藏。

蔣宅之大，每次蔣缺都因為找不到父親而大哭，但其實每次，蔣建華都只躲在一個地方——廚房。他在廚房煮蔣缺最愛吃的紅燒肉，等蔣缺玩得累了，一盤色澤誘人香氣逼人的紅燒肉也做好了，每次蔣缺都一邊哭得可憐一邊道謝，她扁著嘴巴，用充滿童真的語氣說：「謝謝爸爸的紅燒肉……肉……」啜泣完又是流也流不完的眼淚。

孫媽有幾次看不過去，她偷偷跟蔣缺「告密」，但她又不敢直接告訴蔣缺父親在哪裡，每次孫媽都跟蔣缺說：「我先回去收紅燒肉的滷汁，要是滷汁壞了，蔣先生該生氣了」。哭得上氣不接下氣的蔣缺會立刻噤聲，停止哭泣，跑到廚房抱住正在煮紅燒肉的父親。

紅燒肉是父親的拿手菜，烹煮的過程也很繁瑣，父親可以將肉中的油全部逼出，卻能讓紅燒肉保持Q彈的口感，絲毫不會因為油被榨乾而讓口感變得又柴又硬，父親煮的紅燒肉，油雖被逼出來了，卻還能保持肉塊原本的大小。每次聽到孫媽給的提示，蔣缺都會跑去廚房抱住父親，配著紅燒肉吃下滿滿兩碗飯，直到嘴角都是油光，打著飽嗝，才甘願捉迷藏的遊戲結束。

只是沒想到，小時候的遊戲，在今天，卻成了父女倆密會的接頭暗號，蔣缺一時悲從中來，眼淚止也止不住地一直湧出來。

盤旋在心頭的那些疑問，沒有人能夠為她解答，但是能夠見到父親，被他緊緊握著，聽著他的叮嚀和擔憂，蔣缺彷彿找到了遺失了許久的魂。那些在半夜裡也不敢發出的嗚咽聲，那些在身體迴蕩的復仇低鳴，當她的手被緊握的那一刻，全都得到回響。

隔天清晨。

蔣缺下樓去餐廳，期盼可以見到父親，卻見張麗氣定神閑地喝著咖啡，見蔣缺來，像是猜到了蔣缺的心思，她頭也不抬：「你爸還生著你的氣，不願意出來吃飯，我原本還以為他有多重視你，一度在心裡擔心也嫉妒你，但是現在不會了。」張麗放下咖啡：「我突然覺得，不被重視的人，怎麼可能繼承這麼龐大的產業呢？你是不是也後悔了？覺得待在墨爾本更好了吧？」

張麗站起來，眉眼間慢慢浮現了那股傲慢。這是她原本的樣子，只是面對多年不見的蔣缺，她將傲慢隱藏了起來，擔心蔣缺是自己的對手，但是此刻，張麗不擔心了。去墨爾本接回蔣缺，從來都不在張麗的設定劇情中，她不會讓自己陷入險局，出發墨爾本前，她動用所有辦法，收購旗下股東的所有股份，唯有她自己獨大，擁有的股份大於蔣建華父女，她在蔣氏集團的地位才可能穩固，保自己周全。

直到剛才，張麗才得知已經取到部分股東的股權轉讓書，有了這些作為籌碼，讓自己穩居董事會主席的寶座勝券在握，蔣缺的出席不過是走一個過場，在董事會開始之前，張麗已經下了滅口令，多年前失手造成的遺憾，今天之後將成定局，要怪，也只能怪蔣缺，天堂有路她不走，地獄無門她自投。

董事會。

張麗一派輕鬆的坐著跟眾股東寒暄，當有人對蔣缺的身份產生好奇時，她也含糊帶過，沒有做任何介紹，眼見會議時間開始，但是股東入場的人數卻寥寥，張麗忍不住朝身邊的黑衣人擠眉，黑衣人心領神會，退出會議室進行確認，門打開的同時，孫大慶也走了進來。

孫大慶一來，就直奔蔣缺。

他抱住蔣缺：「大侄女長這麼大了啊！還記不記得我這個老頭！你回來真的是太好了，我都快一年沒有看到你爸了，你給拉個線，我們一起吃飯，給你接風！」

看到孫大慶，張麗的眉頭不禁一皺。

蔣缺道謝：「謝謝慶叔叔」。

蔣缺口中的慶叔叔，孫大慶，在以往的股東會上鮮少露面，為人低調，在隱形富豪的榜單蟬聯八年居首位，他實際的身家早已超過蔣氏集團的五倍之多，雖是蔣建華的摯交，但是這幾年來往得並不頻繁，加上孫大慶手中的持股量不多，不足以威脅到張麗在蔣氏集團的地位，張麗對這個人本著不傷害不拉攏的心態，可是他今天的突然現身，讓張麗頗為緊張。

剛才出去打探的黑衣人此刻站在張麗的耳邊輕語，張麗保持微笑，但手中的拳頭卻是越攥越緊。

孫大慶看了看手錶，朝向張麗：「時間差不多了，會議可以開始了，我認識大侄女，但是其他人對她還不太熟悉，你是不是該介紹一下？」

張麗嘴角的笑意很淺，她揚眉看了看蔣缺，卻沒有起身的意思。

倒是蔣缺站起來直接與張麗對抗：「慶叔叔跟我家是世交，他跟父親是多年的朋友，更是我母親小時候的玩伴。讓一個外人介紹我的存在，似乎不太妥當，各位如果不介意，就麻煩慶叔叔代為引言幾句」，蔣缺看向孫大慶：「慶叔叔，您不會拒絕吧？」

孫大慶反問在座眾股東：「不然，就容我獻個醜？」

眾股東全數鼓掌。

張麗硬生生的擠了一絲笑容。

孫大慶繼續說道：「各位，向大家隆重的介紹我身邊的美人兒，蔣缺，長得跟蔣太太真的是一模一樣！蔣氏千金，不簡單吶，坐擁蔣氏集團這麼雄厚的資本，卻能夠不依靠任何金援，一個小姑娘，憑借自己的本事，硬是在國外殺出了一片天，蔣家祖上積了陰德啊！如今，國內外，提到她的名字——蔣缺，誰不給豎起大拇指！美食界的傳奇人物，披荊斬棘，殺出了屬於她的路！相信未來，蔣氏集團在這個年輕有為，果敢幹練的年輕人的帶領下，會重現當年建華創下的輝煌。」

現場掌聲四起，眾人給蔣缺豎起大拇指——

「真的是不簡單啊！」

「我看過你的專題報導，很認真努力，積極向上，我當時就在想，這是誰家的閨女啊，養到這麼個孩子，真的是福報啊！」

「孩子，真的辛苦你了。」

「如今你回來了，蔣家就是你的家，我們全都支持你！」

「是，支持你！」

張麗的銳氣盡失。

原本被張麗收攏的眾股東集體失聯，已經讓張麗滿肚子的火，篤定穩贏的局面眼見呈現傾斜，現在又要面對突然出現的孫大慶，張麗不知從何著手，尤其是眼見蔣缺被推到高點，張麗的內心如同熱鍋上的螞蟻，她終於坐不住了，張麗站起來。

見張麗站起來，蔣缺的嘴角也露出了笑意，她就是要逼得張麗做出決定。

張麗滿臉笑意地說道：「各位能給小缺這樣的認同和支持，我真的覺得很欣慰，這些年來，我陪著董事長一起打理集團，管理真的是一件很辛苦的事情，但是為了各位的利益和美好的將來，我願意背負這樣的重大責任，一年前，我接任董事會，打理集團的所有事務，這一年真的是心力憔悴，我也真的累了，如果小缺有興趣，可以接手一些業務，我可以專心陪著建華，一家人和樂融融，多好。」張麗話鋒一轉：「只可惜，當年小缺是懷著不滿的情緒離家出走的，建華至今還不能原諒她，昨晚父女倆剛一見面，建華就被氣得昏了過去，不僅把蔣缺關了禁閉，今天早上也避著不見，如果不是今天要開股東會，我都沒有辦法說服建華讓小缺出來，小缺過去犯下的錯誤，未來會很謙虛的接受大家的批評，從今天起，也會認真思過，求得建華的諒解……」

蔣缺從容地打斷張麗的話：「謝謝各位叔叔伯伯的鼓勵和認同，以前年紀小，沒有想得太多，沒有顧及爸爸的感受，青春期，衝撞又迷茫的直奔向前了，誰都顧不了，光想著自己的委屈都來不及，現在想想，的確很對不起一直教育栽培我的父母，辜負了他們對我的期望。這次回來被關禁閉是應該的，父親對我，一如各位叔叔們對兒女的期盼是一樣的，愛之深，責之切，這次回來，我希望可以有更多的時間跟爸爸相處。過去，小缺我，雖然莽撞地經歷青春期，但是整個青春我沒有白過，體驗和挑戰了更多的不可能，也讓我看到了自己，畢竟流淌的還是我父母的血，他們勤奮、認真、努力，面對困難的時候毫不畏懼，面對收穫時保持歡喜。我很開心，可以透過這樣的努力，讓各位看見了我，並且讓各位知道，蔣氏集團還有這樣一個女孩，她叫蔣缺，獨立創造了自有品牌，那是一個從無到有的過程，就像我現在回到蔣氏一樣，這裡有您們，我不會從無到有走得那麼辛苦，但是，我會本著從無到有的精神和態度，跟各位多多學習，還請各位多多關照，謝謝大家！」

會議室掌聲不斷。

張麗的眼神裡已經露出了殺機。

蔣缺知道徹底激怒張麗的下場，她沒有聽從父親的建議，是因為她知道自己和父親的時間都不多了。

父親說得對，張麗在墨爾本對她無從下手，但是回到D城，讓蔣缺在「意外」中消失，以張麗的狠心，不是做不到，蔣缺知道自己每走一步都在懸崖峭壁，她死過一次，賠上了母親和潘明，這一次，她想握住和決定自己的生死，不給張麗留分毫的機會。

董事會結束後，蔣缺還在會議室與眾股東寒暄，張麗已經按捺不住，她怒氣衝衝的回到辦公室，對著黑衣人怒吼：「那些人到底去了哪裡？怎麼可能一夜之間全部消失？這一週的時間，我幾乎都跟蔣缺在一起，她根本沒有時間可以遠端遙控收購股權的事情，老爺子一直在家裡，對外也沒有聯繫！到底是哪裡出了問題！我不管，你挖地三尺，把D城給我翻個遍，也要把那些老東西找出來，活要見人，死要見屍！」

黑衣人點了點頭：「早上沒有聯絡到他們之後，就一直擴大範圍，我已經讓所有幫派的兄弟全都出動了。」

張麗還是怒氣難消，如果按照計劃，這個時間，她已經穩奪蔣氏管理權，孫大慶的出現對張麗是致命的，在這個節骨眼上，讓孫大慶與蔣缺聚首實在不妙，一旦孫大慶有意保蔣缺周全，為了多年的義氣扶蔣缺上位……張麗的眉頭緊鎖，她揚手招了招保鏢，張麗對著保鏢耳語交待著，只見黑衣人的眉頭也逐漸緊鎖，一股低氣壓沉悶的蓋了過來，張麗陰沉著臉，空氣裡瀰漫著詭譎的氣息。

有人在敲門，張麗警覺地朝黑衣人使了臉色，還沒等黑衣人去開門，蔣缺已經推門而入：「沒打擾你們在密謀什麼事吧？」

這是張麗的辦公室，她認為全世界最安全的地方，從跟蔣缺見面的那一天起，張麗把真實的自己完全地隱藏起來了，所說的話也都小心翼翼，生怕出了紕漏，可是現在，她對蔣缺過露的鋒芒已經不能再忍受了，尤其是蔣缺一而再地挑戰她的底線與耐性。

「你還有什麼事？」張麗疲憊地用食指和拇指捏著鼻眼間的穴位。

「你一定在煩惱，為什麼答應把股權轉給你的那些股東全都不見了？」蔣缺一臉笑意地看著張麗。

張麗的手突然間停了。

「從你在墨爾本見到我，我的言行的確都在你的掌握之中，根本沒有多餘的時間可以做任何事情，但在你還沒有出現之前，我完全有時間可以指派別人幫我完成這些事情的，是吧？」

在這間會議室，雖然是張麗認為最安全的地方，但對蔣缺提起如此敏感的話題，張麗還是難改警惕，她反問：「你到底想說什麼？」

「喔，也不是多了不起的事情」蔣缺一派輕鬆：「剛才聽到你提起，管理一間集團所費的精神和心力，如果我沒有看到你蛇蠍狠毒的那一面，我都要給你拍手鼓勵了，想跟你說一聲辛苦了。不過，這樣的辛苦很快就會告一段落的，今天的股東會，大家更偏向誰，你應該心中有答案了吧？」

張麗不甘示弱：「你還真是樂觀，真的以為自己是蔣氏的唯一繼承人了？」

「這個嘛，還真是不好說」蔣缺彎腰靠近張麗：「但是，如果我的持股量大於你，那就真的，只能是唯一了吧？」

張麗神情大變：「什麼意思！」

「你真的不知道啊？媽媽在世的時候，曾經立了遺囑，等我年滿十八歲，我將繼承她隱藏的股份，高達12％，光是這個比例，就已經足夠讓你震驚了吧？你在我爸身邊這麼多年，這件事情居然不知道，看來你並沒有取得完全的信任。我雖然遠在墨爾本，但並不影響我收購D城蔣氏的任何股票權，你知道磁鐵的能量嗎？不管多麼細微，只要用力，它就一定吸得住，我就是那塊你討厭，卻怎麼甩也甩不掉的磁鐵，張麗，這輩子，我跟你耗上了。」

張麗倒吸了一口冷氣，她全然沒想到蔣缺早已動手了，更沒料到還有隱藏的股份之說。

「你以為我會輕易中你的圈套。」張麗故作輕鬆。

蔣缺看著張麗，這回的笑意更濃了，她說：「張麗，我不再是當年那個小女孩了，從現在開始，這場戲，該由我主導了。」

張麗冷著一張臉：「小缺，你不用一直不斷告訴我你不再是當年那個小女孩，你現在很厲害，但是又如何？只要我還任職蔣氏集團的主席，我就……」

蔣缺把食指放在唇間，朝張麗做了一個「噓」的動作。

張麗厭煩地推開蔣缺。

蔣缺嘟著嘴：「今天是你留在這間辦公室的最後時光，好好珍惜，畢竟時間不多了。」蔣缺邊說邊打電話，她在電話裡稱要跟慶叔叔見面，說完迅速消失。

蔣缺剛走，張麗就朝黑衣人示意：「今晚適合喝湯，剝皮抽血的湯最好喝」。

黑衣人指了指離開的蔣缺。

張麗又說：「如果失手沒煮成，就喝你做的湯」。

黑衣人一臉嚴肅地退了出去。

蔣缺跟孫大慶約見的地方，是孫大慶的私人會所，高智能的管理緊密森嚴，兩人的會談從深夜直到破曉，朝陽漸起，天空被染上淡橘色的光，會所的鐵門被開啓，一台車緩緩開到鐵門外，蔣缺從側門走出來上車，車子行駛往前。

隱於巷內的黑衣人撥通電話聽候指示，他在向對方報告蔣缺的動向：「目標上車離開，昨晚監聽系統被破壞，詞彙都是零星片段，是，他們交談的話題涉及到『股票交易、如何贈予股票、墨爾本餐廳的上市計劃等……』好的，明白，收到。」巷內的車子急速轉出，緊跟上載著蔣缺的車子。

天空大片的魚肚白，淡橘色的光慢慢匯攏，路上的車子零星，蔣缺瞄向後照鏡，她示意司機開慢一點，司機問：「蔣小姐，孫董讓我直接送您回住處。」

蔣缺看向司機：「這些年我一直都生活在國外，都不知道D城變化這麼大，黑夜與清晨之美是完全不同的，您如果不介意，能不能帶著我多繞幾道彎？」

「那有什麼問題？你有沒有特別想去的地方？」

蔣缺搖了搖頭，後照鏡中，剛才停在巷內的車子緊跟著蔣缺的車子，蔣缺搖搖頭：「該讓我遇見的總是會遇見的。」

「什麼？」司機不解的問。

「我的意思是說，我沒有特別想去的地方，你繞幾個圈就好。」蔣缺的注意力全在後面緊跟的車子，確認自己被跟蹤後，蔣缺舒了一口氣，如果之前潛心多年布的局是為了讓自己被看見，而此刻，該有一個句點了。

昨天的董事會，蔣缺沒有遵循父親的意見，她一再挑戰張麗的底線，目的只有一個，逼張麗盡快出手。

在國外奮鬥這些年，為了隱藏自己，蔣缺從來沒有跟蔣氏集團有任何交易往來，如同磁鐵一樣收購蔣氏的股票是假的，隱藏12%的遺產也是假的，但是約見慶叔叔是真的，蔣缺利用了孫大慶在D城的影響力，故意請他配合自己演了一場戲，她要讓張麗徹底慌亂，擇無他法，就唯有一條路可以走——解決蔣缺。

司機繞著D城一直走，蔣缺也將父親的一些舉動做了合理的推斷——一年前，父親突然讓出蔣氏集團的管理權，目的就是為了試探張麗的真實個性，以驗證他多年來的揣測，父親猜對了，張麗殺死了他的妻子，蔣缺也非離家出走那麼簡單，在調查過程中，父親得知蔣缺的初戀男友潘明意外身亡，而這一切，全都是張麗佈下的局，父親藉機要收回蔣氏的管理權，卻沒想到重病來襲，憑藉意志力以及一流的醫療團隊，他的身體機能恢復得還算不錯，但還有更大的動力在支撐著他，為了重見蔣缺。

蔣缺看著後方的車子幾次想超車，歷經一夜，對方的耐心早已耗盡，不想再跟她繼續貓捉老鼠的玩下去，但是離蔣缺心中的劇情，還差那麼一點點，她的耳邊響起了馬達加速的聲音，一輛紅色的跑車正從遠方急速駛來，那是張麗的車，蔣缺示意慶叔叔的司機停車：「這是我跟我初戀男友常來的地方，不過這裡已經變了樣子，我想去走一走。」

蔣缺下車，她走往空曠之地，紅色跑車急速駛來，蔣缺看清了來者——張麗。

蔣缺撥通了張麗的手機，同時按下了錄音鍵：「張麗。」

張麗的車速放慢了：「我允許你再呼吸一分鐘的自由空氣，下了地獄後，看到你媽媽和潘明，你就再也沒有機會呼吸這每一口的空氣了。」

「張麗，你終於承認，你害死了我的母親，殺害了潘明。」

「你就要死了，我不讓你留有遺憾，是啊，沒錯，他們都是我殺的，小缺，你有時候得學學他們，不要死命地撐著，早下地獄早超生。」

蔣缺非常平靜：「放心，我會拉著你，陪我一起的！這裡是你當初要殺死我的地方，潘明為了我赴了死約，這一次，你不會得逞的。」

張麗說得斬釘截鐵：「你沒有機會了！」

蔣缺也毫不猶豫地說：「你也是，沒有機會了！」

蔣缺按下結束通話，這些證據足以證明張麗的謀殺罪名，早已潛伏的便衣警察突然出現，馬路上隱藏的武器將跑車的輪胎扎破，輪胎與地面發出尖銳的摩擦聲，張麗見情勢不妙，竟從車上拿出槍，「砰」一聲開向蔣缺，警察們紛紛舉槍鳴空警示，張麗被警察團團圍住。

蔣缺覺得胸口一團的溫熱，她的眼皮沉重地快要闔上了，鮮血像花朵從她的身上蔓延綻放開來，蔣缺嘴角帶著微笑，她看到了父親母親坐在陽光下，紅色建築的洋樓閃耀著光芒，各色牡丹花綻放，整片花園裡香氣四溢，一個帥氣的男孩洋溢著青春的笑容走向自己，母親招呼著他：「潘明，快來」。

這是蔣缺人生中最幸福的時刻，她想停留在此刻。

救護車的聲音從遠至近，蔣缺陷入了昏迷，隱約間，她又聽到孫媽的聲音：「我先回去收紅燒肉的滷汁，要是滷汁壞了，蔣先生該生氣了」。

蔣缺笑了笑，胸口疼得快要把她撕裂，她朝母親和潘明笑了笑：「我先去找爸爸，我好想他」。

♥「人間煙火」紅燒肉

用料：帶皮五花肉、冰糖、生抽、調料酒、八角、生薑、老抽、香味、鹽。

製法：將五花肉切塊過水後，加水煮開，待水收乾後即開始逼油，煉油的過程中細火慢煨，將五花肉中的油慢慢帶出，加入適量調料後，倒入砂鍋燜煮，煮出的紅燒肉肥瘦相間，香甜鬆軟，入口即化。

特色：冰糖可解除油膩的口感，色澤誘人的湯汁淋在米飯，讓每一粒米都充滿靈魂，嚐遍百味，覺得人間值得的欣慰。

國家圖書館出版品預行編目(CIP) 資料

以愛之名 / 王雙雙著. -- 初版. --
新竹縣竹北市 : 如是文化, 2019.10
面 ; 公分
ISBN 978-957-8784-93-2(平裝)
857.7 108012038

以愛之名

王雙雙 著

發 行 人：蔡佩玲
出 版 者：如是文化股份有限公司
聯絡地址：100 臺北市重慶南路二段 51 號 5 樓
聯絡電話：(02)23511607
公司地址：302 新竹縣竹北市台元一街 8 號 5 樓之 7
公司電話：(03)6567336
電子郵件：service@eculture.com.tw
出版年月：2019 年 10 月 初版
定 價：390 元

ISBN：978-957-8784-93-2 (平裝)

總經銷：聯合發行股份有限公司
地 址：231 新北市新店區寶橋路 235 巷 6 弄 6 號 4F
電 話：(02)2917-8022
傳 真：(02)2915-6275